文庫

つらい時、いつも古典に救われた

清川妙
早川茉莉 編

筑摩書房

まえがき

この本は、けっして固くるしい古典の解説本ではない。日々の暮らしを愉しくいきいきと営むために、古典の言葉が私たちをどう支え、励まし、助けてくれるかを語った本である。

「いつも明るくて、機嫌がいいですね」

私のことをそう言って、ほめてくださる方がいる。機嫌がいいということは最高の美徳だと思うから、できるだけ、そんな私でいたいと努めている。

じつは、私にも、腹立たしいこと、悲しいこと、切なくつらい時はある。でも、私はいつまでも暗い心のままではいない。そんなとき、心をプラスの方に向け、立ち直るための、とっておきの秘法を知っているのだ。

それは、少女の日から今日まで、私が親しみなじんだ古典の中の言葉を心の杖にする方法だ。幼い日から人より早く字を覚え、本を読むことが何より好きだった私は、長じて国文学を修め、古典の講義を長く続け、古典の本もいろいろ出した。私にとって、古典とは心の傍にいるわが師、わが友という存在だった。その師や友の言葉は、いつも耳許にあり、さまざまなマイナス的状況に陥《お》ちたときの私を、救い出してくれるものとなった。

なかでも、いちばん支えになった古典は、『枕草子』『徒然草』『万葉集』である。

第一章は、どこかに『枕草子』の言葉が織りこまれている文章を集めた。

枕草子。その繊細鋭敏な、冴えわたる感覚が好きだ。本の間に挟《はさ》まれた小《こ》裂《ぎれ》の色のなつかしさ。車輪に押しひしがれた蓬《よもぎ》のほのかな香り——どんな小さなものも、それを喜ぶ心を注ぎかければ、生きて光ってくれる、ということを、清少納言は手をとって教えてくれた。

落ちこんだときの自分の心を、明るい方にパッと弾《はじ》き返す強力バネの使い方を伝授してくれたのも清少納言だ。

「どんなに苦しいことがあっても、やはり、この世は捨てたもんじゃないのよ。生きる価値はあると思うわ」

つらい日の私には、彼女のそんなささやきが聞こえてきた。

第二章は、おもに『徒然草』が絡む文章を集めた。

徒然草から私が学んだのは、自由で、きめつけない、おおらかな心。迷信や世間の噂にとらわれない合理的精神。そして、世の中の事象は、すべて不《ふ》定《じょう》。いつ、どんなことが起こるか分らない。死もまた、いつ襲うか分らないということを心に刻みつけておけ、という教えだ。だからこそ、と、兼好は熱っぽく語る。「存命の喜び、日々楽しまざらんや」――生きていることを喜び、日々を大切に扱わなければならぬ、と。

もう十八年も前になるが、夫が、ある日、旅先で夢のように逝き、その後を追うように、息子が病死。私は、その間に入院、手術と、嵐の時代がわが人生にもあった。そのとき、これらの言葉は、私の身に触れて実感され、

「兼好さん、あなたの言った通りね」と、彼を、まるで向かいあって語っている人のように、慕わしく思ったのだった。

第三章には、万葉集の心を多く採り入れた。

なぜ、万葉が好きか。この歌集は、生きていることを何より大事にしていて、愛の心がどの歌にもみずみずしくあふれているからである。

恋の世界、兄弟愛の世界、親子の愛の世界、それぞれが身にしみ通る愛憐の情で歌われている。それと、もうひとつ。天然現象に対しても、動物、植物に対しても、人間の仲間でもあるかのような共感を持って歌っていることにも、目をみはる気がする。星の林に漕ぎ入っていく月の船、花妻である萩の花を訪ねて恋を語る雄鹿。万葉を読めば、生きていることが心底貴重なことに思えてくるし、まわりのものすべてがいとしくなる。

たくさんの私の本の中から選んだ、古典につながる暮らしのエッセイを改めて読んでみて、ていねいに書いていていいなと思えたことは、大変しあわせなことである。

新しく書きおろした文章も何編か加えて、全体がリフレッシュされた新しい感じに仕立てあがっていると思う。

全部を通して読んでみて、あらためて思うことは、心の根のところは、若い日も今もちっとも変わっていないということだ。素直に、ひたすらに、心を燃やして書きつづけていきたい。

読者の皆さんは、この本のどのページからでも、気ままに読んでいただきたい。探しものをしていたあなたの心にピタリと寄り添ってくれる言葉がきっとみつかることだろう。

この本が読者の皆様のよき友になりますように。

二〇一二年春浅い日

清川　妙

Ⅱ　兼好さんのしなやかな知恵

Ⅲ　古典のシンクロニシティー

つらい時、いつも古典に救われた

I

清少納言の心のバネ・好奇心

「みんなが、つまらない花だと相手にしない梨の花だって、せめて見ると、はなびらの先に、ほのかなピンクがついているのが分かるはずよ」と、〝木の花は〟の章で、清少納言は言っている。せめて見る。それは、いいところを見つけるぞという意志を持ち、目に力を入れて、こまやかに、ていねいに見ること。私たちも、彼女の提案を、日々の暮らしの中に、ぜひ採り入れたい。その心の姿勢を持つか持たないかで、日々が輝きを増すか、ただ空しく過ぎていくかが、大きく分かれていくのだから。

清少納言は腹心の友

古典の作者の中で、いちばん友達感覚でつきあえるのは清少納言《せいしょうなごん》である。娘時代に、はじめて彼女に出会ったときから、私たちは波長が合った。

これは私の〝腹心の友〟への手紙である。

清少納言さん。私はあなたが好きです。あなたの感性、美意識、天衣無縫のあどけなさ、ユーモア、前向きの心、勁《つよ》い意志、撓《しな》いの利いた円転滑脱《えんてんかつだつ》な文章、自在にひろがる連想——みんな好きです。深く尊敬もしています。そして、私の持つ教室では、もう二十年近く『枕草子《まくらのそうし》』を講じています。飽きもせず、繰り返し講じて、ただいま三回目です。

この原稿を書くにあたり、私はもう一度『枕草子』を読み直し、いまさらのように、あなたの繊細鋭敏にして冴えわたる感覚に驚かされました。このたびはそのことについてだけ語ることにいたしましょう。

あなたの色彩に寄せるこまやかな喜びは、〝過ぎにしかた恋しきもの〟の中に沁みこんでいますね。

二藍《ふたあゐ》・葡萄《えび》染《ぞめ》などの裂裑《さいで》の、押しへされて、草子のなかなどにありける、見つけたる

本の間にはさまれてペチャンコになった、藍紫や紅紫の小ぎれ。忘れられて、いまは色もかすれ、布地もすりきれそうになった、その小ぎれにからむせつない思い出。小ぎれは絹。ほのかな、やわらかい光。

そうなんです。あなたの色は、いつも光をはらんでいます。

水晶の数珠、藤の花、梅の花に降りかかる雪。いちごを食べるかわいい赤

ちゃん。高貴な上品なものとして、あなたが挙げたこれらの中にも、いのちのいきづく光があります。

月のいと明きに、川を渡れば、牛の歩むままに、水晶《すいさう》などの割れたるやうに、水の散りたるこそ、をかしけれ

なんという名文でしょう。からだも動き、心も動く。あなたは前に向かって動くのが大好きなのですね。

雨あがりの萩の花枝が露を落として、だれも手を触れないのに、自力でフワッと上にはねあがるその一瞬を捉えて、ひとり喜ぶあなた。

萩の花枝は、あなた自身と、私には思えます。

〝五月《さつき》ばかりなどに山里に歩《あり》く、いとをかし〟と書き出された文では、牛車《ぎつしや》の車輪に押しひしがれた蓬《よもぎ》が、車のまわるにつれて、かすかな香をたてるのを、あなたの嗅覚は見逃していませんね。九月九日の重陽《ちようよう》の節句の朝、菊の

花の被《き》せ綿《わた》が、小雨に濡れて、うつしの香を漂わせているのも、ことに愛《め》でるあなたなのです。

五月の長雨の頃、斉信《ただのぶ》の中将が戸口にかかった簾に寄りかかっていたときの、衣に焚《た》きしめられた香のいろっぽさも、私たちに書き残してくれたあなた。その香は翌日までも残って、あなたをやるせなくさせましたね。

あなたはまた聴覚もすばらしい。あなたはユーモラスな筆で、大蔵卿をからかって「あの人ったら蚊のまつ毛の落ちる音も聴きとめそう」なんて言ってるけど、あなた自身だってすごいものですよ。若葉の頃の郭公《ほととぎす》の声についての、うっとりするような描写を、私は思い出します。

木々の木《こ》の葉、まだいと繁うはあらで、わかやかに青みわたりたるに、(中略)すこし曇りたる夕つ方《かた》・夜《よる》など、しのびたる郭公《ほととぎす》の、とほく「そら音《ね》か」とおぼゆばかり、たどたどしきをききつけたらむは、なに心《ここ》ちかせむ空耳のようにかすかな、郭公のおさない初音。あなたはいのちの芽生えをいとしんでいるんですね。

「ねぶたし」と思ひて臥《ふ》したるに、蚊《か》の、細声に、わびしげに名のりて、顔のほどに飛びありく。羽風さへ、その身のほどにあるこそ、いとにくけれ

「私は蚊だよ」——名のりをあげて、飛ぶ蚊の羽風さえ身体相応にある小にくらしさ。あなたは小さいものの中に愉しさを見つける生活名人です。

羽風——そうそう、あなたは風が大好き。読み直して、『枕草子』のいたるところに、ひそかな風がたっているのに気がつきました。〃心ときめきするもの〃の中で、あなたは、髪を洗い、化粧をし、薫物《たきもの》の香がしみこんだ着物を着ているときの、女ならではの心ときめきを語って、私を共感させます。

まして、恋人を待つ夜の、風がふと着物を吹いていくときの心おどりまで書きとめて、おとめのようなあなたです。

あなたはいつも心ときめかせている人。〝風たちぬ。いざ〟と、いつも新しい風に背中を押されるように、前に向かって歩いていく人です。

生ひ先なく、まめやかに、えせざいはひなど見てゐたらむ人は、いぶせく、あなづらはしく思ひやられて……

女の生きかたにも風がほしいと言っているあなたです。前途になんの希望もなく、ただただ夫にすがってにせものの幸福を夢見ている女は、私から見ると、息がつまりそうで軽蔑すべきものに思われる——推定で、紀元九六五年生まれ、いまから千年以上も前に生きたあなたがこう言っているのです。あなたの心のすごいまでの新しさには驚かされます。

さて、清少納言さん。あなたは味覚のことについては、くわしく書いていませんね。せいぜい、郭公を聴きにいった日、よそでごちそうになった蕨《わらび》のおいしさくらい。

でも〝青ざし〟という麦菓子を、中宮定子《ていし》にさしあげた場面の愛《かな》しさは、忘れられません。献上物のその麦菓子を、あなたは硯の蓋《ふた》に青い薄紙を敷き、その上にのせて、さしあげますね。「これ、馬柵《ませ》越しでございますが」――そんなことばを添えて。古今六帖の歌を踏まえたその意味は、中宮様ならすぐにおわかりだったでしょう。それは「麦のお菓子をすこしばかり」という意味と、「中宮様、お慕いしています。あなたをお守りしたいといつも思っています。数ならぬ私ですが……」という意味もこめたことばなのです。それに対して中宮様は歌を返してくださいましたね。

みな人の花や蝶《てふ》やといそぐ日もわが心をば君ぞ知りける

この頃、あなたの心から敬慕してやまぬ中宮様は、父君亡きあと、兄弟も流罪となり、いわば、嵐の、斜陽の、時代。ただ一条天皇の愛だけを頼りに、くちびるをかみしめ、でも、けなげに面《おもて》をあげて生きていらした。落ちぶれた自分を捨てて、皆が、いまをときめく人のもとに走り寄る日も、清少納言よ、そなただけは、私の心の底を、誰よりも知り抜いているのね。そんなお心の歌です。

清少納言さん。あなたはここで、人生の深い愛しみの味を極めているのですね。

中宮様は、この〝青ざし〟の日から、半年あまりを生きて、二十五歳で、この世を去られました。清少納言さん、あなたはそのとき三十五歳ぐらいでしょうか。中宮ご在世中から書きおこしていた『枕草子』を、あなたは宮中を辞してからも書きつづけたのですね。

亡き宮様への供養のための筆です。泣きごとは言わず、恨まず、怒らず、あなたは日の照る側だけを見つめて書きました。

そんな心で書かれた『枕草子』の感覚が、冴え、躍り、光り、揺れ、みずみずしくいきづいているのは、そんなあなたの意志の投影だと、私には思えてなりません。

性能のいい心のバネを持とう

落ちこんだとき、どうにかして、自分の心を少しでも上向かせる心の習性を持つ人と持たない人がいる。明るいほうにねじ向ける心のバネを持つ人と持たない人、とも言えようか。あなたは、そんな心のバネを持つ人だろうか。

心のバネがない人は、落ちこんだら、落ちこみっ放しで、とことん落ちていく。救いがない。

たいへん性能のいいバネを持っていた人は清少納言である。『枕草子』の中の興味ふかい場面をご紹介しよう。

清少納言は中宮や女房たちの前でこんなことを言う。

「世の中のことに腹を立てて、気持ちもくしゃくしゃし、片時も生きていられない気がして、もうどこへでも行ってしまいたい、と思うとき、まっ白できれいな紙に、いい筆、白い色紙《しきし》、陸奥紙《みちのくにがみ》などを添えて、人から贈られると、ああ、やっぱり、このましばらく生きていたほうがよさそうだと思うわ」

「このまま、しばらく……」のところ、原文では《かくてしばしも生きてありぬべかんめり》である。

この〝かくてしばしも〟ということばが私は気に入っている。落ちこみきった心に、ほんのすこし、いい風が吹きこんで、もうちょっとだけ生きて、この世を試してみるか、と心はほのかに立ち上ってくる。

清少納言は、さらにことばをつづけている。

「それからね、私は高麗縁《こうらいべり》のむしろの表が青々として、こまやかに織られ、厚いもので、縁《へり》の模様が黒と白でくっきりあざやかなのをひろげて見るときは、やっぱり、この世はすてき、けっしてけっして捨てたもんじゃない、生きる値打があるわ、と思い、命さえ惜しくなるわ」

最後のあたりの原文は《なほこの世は、さらにさらにえ思ひ捨つまじと、命さへ惜しくなむなる》である。

〝かくてしばしも生きて〟よりも、ぐっと元気が出て、〝いのちさへ惜しく〟であるから、この心のバネの性能は抜群である。

自分の心をステップ・アップさせて、持ち上げていっているところが魅力的である。

中宮定子は、清少納言のことばを聞いて、からかっていらっしゃる。

いみじくはかなきことにも慰むなるかな。姨捨《をばすて》山の月は、いかなる人の見けるにか

「清少納言はずいぶんちっぽけなことで、心がなぐさむのね。姨捨山の月は、いったい、どんな人が見たのかしら」

という意味である。

わが心なぐさめかねつ更級《さらしな》や姥捨山に照る月を見て

『古今集』の歌を踏まえての、おしゃれなからかいである。

世の中には〝はかなきことで心がなぐさむ〟タイプと〝どうしたって沈みこむばかり〟のタイプとがあると思う。

はかなきこと——ほんのちっぽけなことで、心がふっと浮きあがる人は、喜び上手であり、いい心のバネを持っている人なのである。

枕草子のこの段が大好きなので、私は、教室で何回もこの話をする。

ある日、教室のかたにアンケートできいてみた。

「みなさんは、どんな〝はかなきこと〟に、心をなぐさめていらっしゃる？」

いろいろな答をいただいた。

・とにかく、動く。病気でないかぎり、でかけてみる。できるだけ、きちんとした服装でおしゃれをして。

・働く。バスタブを磨きあげたり、汚れたおなべをこすったり、ガムシャラに働いてみる。
・スカーフとかブローチとか、小さなものでもいいから、気に入ったものを衝動買いする。
・髪を洗い、熱めのお湯でシャワー。そのあと、やさしい気持で友達に手紙を書く。
・あるオーケストラの定期会員になっているので、毎月コンサートにいく。そのオーケストラのアンケートを見ると、六十代、七十代、八十代、九十代までいらっしゃるのに、びっくりした。毎月、おなじ席に若々しい姿を見せる方たち、老夫婦。二十代から九十代までをひきつける音楽。それを聴きに行けるのは喜びである。
鏡の前できちんと化粧し、洋服をあれこれ選んで、でかける。これは、かなり気を入れないとできない。どうでもいい、という気にならないように気をつけている。このかたは六十五歳。

さて、私の場合、落ちこんだ場合は、近くの川沿いの小径を、さっ、さっ、さっ、と早足で歩く。思いがこびりついて、散歩の間じゅう離れないこともある。

しかし、家にじっとこもっていて、落ちこみのかたまりになるよりいい。夏など、汗びっしょりになって帰り、シャワーを浴びると、すこし心は楽になる。

このすこし、が大事。清少納言の〝かくてしばしも〟の気分である。

小さな喜びの珠をつないで

おなじ物を見ても、おなじことを経験しても、それを喜んだり、感動したりする人と、感動もしないし、ときには不平っぽいことを言ったりする人がある。

楽しみ上手、喜び上手と、楽しみ下手、喜び下手とは、はっきり分かれているし、年をとるごとにその間の溝は深くなるようである。

私は、『枕草子』を書いた清少納言が大好きだが、そのいちばんの理由は、彼女がずばぬけた喜び上手だからである。秋の嵐がはげしく吹き過ぎた翌朝、格子の一目《ひとめ》一目《ひとめ》に散りこんだ木の葉を見て、清少納言は、目をみはって書く。

木の葉をことさらにしたらむやうに、こまごまと吹き入れたるこそ、荒かりつる風のしわざとはおぼえね

「風がわざわざ念入りに、心こまやかに、格子の目ごとに木の葉を届けてくれたのか。あんなに荒っぽく吹き荒れた風のしわざとは思えないわ」

木の葉はきっと緑や黄色や朽葉色や、あるいは紅色のものもあったことだろう。清少納言はまるで少女のような心弾みでそれらの葉を見つめて、喜んでいる。

人が見たら、とるに足らぬ小さな物、小さなできごとでも、その人の心の特別なフィルターを通せば、楽しみ、喜びの種子《たね》として受けとめることができるのである。

それは一種の生まれつきの才能かもしれないが、自分の中に、そんな種子を見つけたい、見つけてやろう、という意志を持つか持たないかで、ずいぶんちがってくる。ある種の聡明さが要る、といってもいい。楽しみ上手、喜

び上手ということは、けっして、ただおめでたい心ではないのである。

私は散歩が好きで、家の近くの江戸川の土手をよく歩く。

そんなとき、たんぽぽ、すみれ、野菊などの花、すかんぽ、あかざなどの葉のそれぞれの色彩、形――清少納言流にいえば、〝ことさらにしたらむような〟――つまり、創造の神様の特別の手作り作品をほれぼれと見つめ、採って帰って、一輪ざしに挿したり、押し花や押し葉にしたりもする。

散歩は空の美しさも満喫させてくれる。朝焼け、夕焼け、雲の色、雲の形。曇り日だって、グレイ一色の哀愁の雰囲気が捨てがたい。

空を眺めて楽しもう。その心を胸にかかえて歩けば、散歩の喜びも増幅する。

*

先日も、私は空を眺める喜びを味わった。その日、私は茨城県の友部《ともべ》という、小さな町の読書会にお話をしにいったのだが、お話のあとのお茶の会で、あるかたからとてもいいことばを聞いたことから、その喜びははじまった。

「愛することの反対のことばは、無関心ということばではないでしょうか。人にも物にもこまやかな関心を持つということが愛するということではないでしょうか」

その話は、私の心に深く残った。深い関心を持つ。ていねいに見つめる。それは愛することであり、また、その愛が自分の心にもはね返って喜びをもたらすことにもなる、と思った。

帰りの特急列車は夕焼けに向かって走っていた。車内には、人もまばらだった。私は紙コップ一杯のコーヒーを買い、お茶の会で食べなかったフルーツケーキと一緒に、ひとりのお茶の会をもう一度楽しんだ。家々や森のかなたの空を染めて刻々に変化していく夕焼けのなんと繊細華麗だったことか。

このつかの間の小さな喜び。こんな喜びを小さな珠のようにつないでいって、年をとっていこう。そのとき、私はそう考えた。そして、ふっと、『八月の鯨』という映画を思い出したりした。

この映画の中には、対照的な二人の老女が登場する。盲目になった姉のリビーは、すべてのことを暗く悲観的に受けとり、人にもあたり散らす。でも、妹のセアラは、人にも風景にも花にもほのかに心を寄せ、好奇心もけっして失ってはいない。姉は喜び下手、妹は喜び上手なのである。

庭の紅白の薔薇を手折って花瓶に挿し、亡き夫の写真の前に、セアラは飾る。そして、深夜、夫の写真に向かって、こう呼びかける。

「あなた、きょうは私たちの四十六回目の結婚記念日よ。赤い薔薇は情熱、白い薔薇は誠実と、あなた、教えてくださったわね。あなたが亡くなってから、私、ひとりぼっちでさびしかったけど、情熱と誠実を忘れないようにして生きてきたわ」

この場面は大変印象的な場面だが、ここでも、私はセアラが聡明な意志を持って、喜び上手になろうと、努力していることを汲みとることができた。誠実に生き、情熱的に生きるということは、喜び上手に生きるということだから。

この映画を試写で観たときから、私は好きになって、古典教室の生徒さんたちにもすすめた。その中のTさん――二十代の若い女性だが、先日、こんな手紙をくださった。

「喜び上手の気持ちがすくなくなったとき、こう自分に言うのです。

〝あら、きょうはリビーだわ〟

いつもセアラでいられたらステキですね」

Tさんの心にも、自分を喜び上手に保っておきたい、という意志が働いていて、それが彼女をいきいきと魅力的にさせるもとになっている。

〝夕焼けに向かって走る列車の特等席〟にすわって、私はこんなことを考えつづけた。

＊

楽しみ上手、喜び上手の人とは、自分の心をアクティブに、プラスの方向に向けることの上手な人、たとえマイナスに心が向こうとしているときでも、自分の意志でプラスの方向にネジ向ける、いわば、心のバネのよく利く人と言えるだろう。

近くに住む娘がやってきて、こんな話をした。

「風邪をひいたまどかを病院に連れていったとき、たくさんの患者がいて、なかなか番がまわってこないので、いらいらしていたら、まどかが言ったのよ。

『お医者さんは、ひとりひとりをていねいに診てるんだよ、きっと』

そうよね。自分の番がまわってきたとき、すごく早く診てすまされたら、いやだわね」

まどかは私の孫娘で小学生である。この話はおもしろかった。まどかは、自分の番がなかなか来ないというマイナスを、ゆっくり診てもらっているほかの人たちの様子を想像して、プラスに転じている。プラスに転じる心のバネが利く子なのである。

どうしたら、そのバネは利くようになるのだろう。単純なことのようだが、なにかにつけて、自分の心を、ひとつの意志を持って、たとえ無理にでも、明るみに向けること、その継続において、とっさの瞬発力、つまり、バネは利くようになる。

落ちこんでいたら、まずからだを動かしてみよう。部屋の整理をするのでもいい。洗濯をするのでもいい。買い物もいい。まず靴を磨き、その靴をはいて、意識して、背すじものばして歩いてみよう。

落ちこんだ日は、人と話したくもないかもしれないが、もし知りあいの人に出会ったら、これも意識して、笑顔であいさつしてみよう。

自分で自分をふるい立たせてみるのだ。そうしているうちに、調子が出てくる。からだを動かし、明るいことばを話しているうちに心も明るく動きはじめてくる。

プラス的な発想のもとに、なにかを口にしようと思ったら、迷わず、口に出してみることをおすすめする。

出会った知人がいい色の服を着ていたら、

「きれいな色ですね」

と言ってみよう。この種のあいさつは、慣れないと勇気が要る。でも、これも自分に言いつけて、気軽にことばにし、慣らして、瞬発力を養うことにしよう。

*

まず人を喜ばせてあげようという意識を持つことによっても、喜ぶくせはつくと思う。

人に何かいいことが起こった場合も、すぐに「おめでとうございます」と言うくせもつけたい。

ある若い友達から聞いた話だが、そのかたが、新聞に投書し、それが紙面に載ったことがある。すぐ電話をかけてきて、

「おめでとう。あなたの名前がパッと目にとびこんできたときはうれしかったわ。あなたの意見に賛成よ」

と言ってくれた人もある。

その反面、

「いつから、あなたは投書魔になったの」

と、いやみっぽく言った人もある、という。このあとの方の人は、人のことを明るく喜べない人で、喜び上手になりにくいタイプだ。

自分自身が喜ぶこと、そして、人のことを喜んであげること、この二つは微妙にからまりあって、人間をほんとうの意味の楽しみ上手、喜び上手にするのだと思う。

人からほめてもらったとき、なにかをしてもらったとき、贈りものをいただいたとき、

「ありがとうございます」

と、打てば響くようにお礼が言えるようにするのも、喜び上手の自分を育てる最良の方法だろう。

たとえば、そのお礼のひとつの方法――〝お礼状〟をかならず出すことも、

喜び上手の自分を磨き、つやを出すのに、大変役に立つ。

夕焼けを見ながら列車に揺られて帰ってきた日、私はお話をしにいったその町のリーダーのかたに、すぐにお礼状を出した。

「きょうはほんとうにありがとうございました。なにからなにまでこまやかにお世話いただき、おこころ身にしみました。あれだけの会を運営なさるには大変なお心くばりが要ったことでしょう。おかげで、愉しくみな様の前でお話ができて、うれしゅうございました。どうぞみな様がたによろしくお伝えくださいませ。

みな様の町がとても身近ななつかしい町になりました。おみやげにいただいた笠間焼の優雅な一輪ざしを見るたびに思い出すことでしょう。ありがとうございました」

ひとときひとときをていねいに生き、一日一日を充実させて生きる。楽しみ上手、喜び上手ということは、自分の力で、心を明るませ、ふっくらさせて生きるということ。

なにがあっても、一日を大切に生きる。それは強く生きることにつながる。明日も、そして、つぎの日も、つぎの日も、そうして、日々をつないでいこう。

手紙を書き終えて、夜のポストに落としにいくとき、私はそう思った。

「小さな図書館」になりたい！

『枕草子』に、年とった人の知恵についての、おもしろい話が出てくる。

昔の帝《みかど》が、ただ若い人だけを大事にして、四十になった人のいのちを絶っておしまいになったので、四十以上の人は、みな遠い国に逃れて隠れ住んでしまい、都のうちには、若い人しかいなかった。

その頃、中将の位を得てときめいていた人が、七十に近い両親を持っていたが、たいへんな孝行者で、こっそりと地下室を掘り、その中に二人を隠しておき、一日に一度は顔を見にいった。

あるとき、唐土《もろこし》の帝が、この国の帝に、試みごとをしかけてきたことがあった。この国の人たちの知恵を試し、知恵がなければ討ちとろうという魂胆であった。

お使いは、つやつやとまるくきれいに削った二尺ばかりの木を取り出して見せて「この木の根もとのほうと、先のほうを、どうして見分けますか」と問うた。

だれにきいても、そんなことは分かるはずもなく、この国の帝は悩みぬいておられた。中将は、帝を気の毒に思った。

ひそかに地下室に行って親に問うと、「流れの早い川の傍に立ち、横向きにその木を投げ入れよ。ぴょこんと立って流れるほうが先のほうだ」と教えた。

実際にそうして、先のほうに印をつけて、唐土の使者に渡すと、みごとに正解であった。

だいぶ経ってから、また唐土の使者がきて難題を吹っかけた。七曲がりの玉で、中に穴が通って、左右に口があいているのを持ってきて、「これに糸を通してください。わが国では、だれでもできることです」と言う。

このときも、すべての人々は、できないと首を振った。

中将は老いたる親のところに行き、知恵を乞うた。

「大きな蟻《あり》を捕え、その腰に細い糸をつけ、その糸にもうすこし太い糸をつけなさい。向こう側の出口に蜜を塗り、こちら側から蟻を入れなさい」

その教えの通りにすると、蟻は蜜のあまい香りをかいで、さっとすばやく、穴をくぐりぬけて、あちら側に出たのであった。

帝はたいへん喜ばれ、中将に「この功に、何をもって報いようか。どんな官位につきたいか。なんなりと望みを申せ」と仰せになった。

中将は「官位などにはなんの望みもございません。ただ、老いたる父母がどこかに隠れておりますので、探したずねて、都に呼び戻したいのでございます」と答え、帝も快くお許しになり、国中の親と子は大喜びをしたのであった。

この話は、『枕草子』の〝社《やしろ》は〟の段に出ていて、蟻通《ありとおし》の明神の起源を語っているのだが、中将のことばを原文でいうと、

さらに、司《つかさ》も冠《かうぶり》も賜はらじ。ただ老いたる父母の隠れ失せてはべる、たづねて、都に住ますることを、ゆるさせたまへ

というところ、子のやさしさが身に沁《し》みて涙ぐましい。

〃枕草子の教室〃で、この段を講義したあと、私はこんなことを言った。

「アフリカのギニアから来ていらっしゃる外交官のサンコンさんが、『年寄りが亡くなるのは、図書館がひとつなくなるようなものだ』とおっしゃっているのを聞きましたが、なんといいことばでしょう」

それから、ちょっとつけ加えた。

「私も古典の小さな図書館になりたい。あまり本はたくさんないけれど、そこに行ったらとても愉しい雰囲気であるような、そういう小さな図書館になりたいと思います」

しばらくして、一通のはがきが来た。〃枕草子の教室〃のBさんからであ

る。

「紺のツーピースの下の、レンゲ、菜の花、タンポポ畑のような花柄のブラウスがよくマッチして、やさしい雰囲気の先生でした。

〝枕草子の教室〟のあと、私は小さな旅をし、レンゲやタンポポの咲く風景を愛《め》でてきました。

おしゃれで愉しい図書館に通わせていただき、すてきな日々を重ねていけることを、たいへんしあわせに思っています」

私の言った、小さな愉しい図書館のことも忘れず書きこみ、Bさんのはがきは、さながら〝きぬぎぬの文《ふみ》〟のようにうれしい。

香りをたしなむ

『枕草子』の中に、女らしくやさしい、大変おしゃれな短章がある。〝心ときめきするもの〟——愉しい期待にあふれ、心臓がドキドキする、という意味であるが、その中にこんなことばが愉しい。

よき薫《た》きものたきてひとり臥したる

上等の香《こう》をたいて、ひとりで寝そべっているときの、優雅で、なんとなく恋の予感もあるようなときめきの気持。これはいまの私たちにとてもよく分かる感覚である。

平安時代の薫きものというのは、じゃ香《こう》とか沈香《じんこう》とか、貝の殻などを粉にして練りあわせた練香《ねりこう》を、たきくゆらすのである。芳香あふれる舶来の香をたいて、休日のゆったりした時間を、自分の部屋でひとりで過ごす。リッチな雰囲気なのである。

その章にはこんなことばもつづく。

かしら洗ひ、化粧《けさう》じて香《かう》ばしうしみたる衣《きぬ》など着たる。ことに見る人なきところにても、心のうちは、なほいとをかし

髪を洗って、お化粧をして、すてきな香《こう》の匂いがしみこんだきものを着たときの、ゆたかなたのしさ。人に見られる場所でもなく、ひとりでいるときだって、心はとてもときめく。という意味なのである。

こういう箇所を読むと、おしゃれの世界は古典の時代もいまも変わりはしない、と思ってしまう。

現代の私も、シャワーにかかり、シャンプーもしたあと、部屋着を着て、お化粧もし、香水もさっとひと吹きして、くつろぐ。そんなとっておきの時間を持つぜいたくさ。香りの世界に遊ぶというのは、センスのある、ゆとりの世界に遊ぶことである。

美しい香りの歌を紹介しよう。

五月《さつき》まつ花橘の香をかげば昔の人の袖の香ぞする　（『古今集』）

白いミカンの花の香のただようころとなると、昔の恋人の袖にたきしめられていた香りが思い出される、という意味である。

ミカンの花の香とは、現代の香水でいえば、シトラス（柑橘）の香りであろうか。

現代の香水は、大きく分けて五つのグループに分けられる。

○シトラス
○フローラル（花の香り）
○グリーン（木々の葉、草原の香り）
○オリエンタル（動物のエキスをブレンド）
○シプレ（苔の香り）

シトラスの、濃く迫りながらも、なにかういういしく、さわやかな香り。フローラルの繊細優雅な甘やかさ。グリーンの清冽なやすらぎ。オリエンタルの優婉《ゆうえん》な女らしさ。そして、シプレの現代的な、〝できる女〟の感じ。

だが、ほんとうは、そんな単純な形容詞などは通用しない。調香師たちは、なんともいえぬ複雑微妙なかぐわしい個性を創り出すために、いのちをかけているのである。


あなたはどんな香りをごひいきにしていらっしゃるだろうか。

私が愛用しているのは、ディオリッシモ、パリ、アザロ9など。柔らかな、少し翳《かげ》のあるフローラル系が好みである。でも、こう書いている間にも、すてきな香りを思い出す。フィジー。あの繊細なはかなさ。オンブル・ローズ。薔薇の翳という名にふさわしい、品のいい、あえかな甘さ……。おしゃれの仕上げに、かすかにプワゾン。眠れない夜はシーツにひと吹きしたいビザーンズのオリエンタルな香りも好きである。

香りは、これときめつけないほうがよけい愉しい。TPOに応じての香りの浮気こそおすすめ。香りを広げれば、心の世界も広がる気がする。

＊

平安時代にも、さまざまな香の合わせかたがあったのだと聞く。人々は、その合わせかたに個性をきそい、また、TPOにも合わせて、さまざまの香りを演出したのであろう。

『徒然草』の中にも、ほのかな香りの世界が描かれている。

月のある秋の夜、ひとりの若い貴公子が、お伴の少年を連れて、たんぼの中のはるかな細道を、笛を吹きながら歩いていく。まるで物語の世界のようだと、作者の兼好は好奇心にかられて、そのあとをついていく。貴公子は山のふもとの邸宅に入っていった。

そのお邸には宮様もいらしていて、その夜、法事が行われていたのだった。秋の野の露に濡れて佇《た》ち、その家の様子をながめている兼好は、この家から漂い流れてくる身にしむような香りに気づく。

夜寒の風に誘はれくるそらだきものの匂ひも、身にしむ心地《ここち》す。寝殿より御堂の廊に通ふ女房の追風用意《おひかぜようい》など、人目なき山里ともいはず、心遣ひしたり

そらだきものとは、室内を薫らせるための薫物《たきもの》である。その薫物の薫りが夜寒の風に誘われて、兼好の心をしみじみとさせる。そして、母屋から持仏堂への廊下を歩む女たちは〝追風用意〟——つまり、香《こう》をきものにたきしめて、歩くたびにふんわりといい匂いをさせるたしなみを忘れていないのであ

る。見る人もいない山里なのに、心くばりのあることと、兼好は感心している。

『徒然草』といえば、りくつっぽく、お説教の多い、おじさんのエッセイと思いがちだが、こんなにおしゃれな、いい匂いのする章もあることをお伝えしたい。

部屋にほんのりいい香りを漂わすためにはどうすればいいか？

いつか、京都嵯峨野の直指庵《じきしあん》を取材のために訪れたとき、若いご住職が極上の香木をたいて待っていてくださったことがあった。

「一時間くらい前からたいてお待ちしていました」

とのことばに、私はふと『徒然草』の〝そらだきもの〟の話を思い出したりした。

香水を、カーテンや、クーラーのネットにひと吹きして、お客をお迎えする、という、センスのいいミセスのお話を感心して聞いたことがある。

薔薇やラベンダーやカモミールの花などを干してミックスしたものを、小さなカップなどに入れて、玄関の靴箱の上や部屋の棚などにさりげなく置くのもいい。

ハーブと深くつきあっているイギリスの家庭などは、それぞれにその家のハーブの香りを持っているという。

薔薇の香りの家。ラベンダーの香りの家。ミントの香りの家。そんな香りの個性も愉しいと思う。

＊

香水のことにとてもくわしい若い友達に、香水のつけかたについてたずねてみた。

香りはとても繊細で、体温や体臭ともまじりあって、おなじ香りでも、つける人によってちがうので、つけて試してみることが大切。

耳の裏、手首、腕の折れまがるところなどに、ちょっと離れたところから、かすかに霧のかかる程度に吹く。かかったところは軽くおさえるのがよく、近くから吹き、水が垂れるほど吹きつけるのは禁物。まして、その垂れた水をゴシゴシこすってはいけないそうである。

ドレスの裾のあたりにかすかに吹きつけると、香りは下からのぼるので、裾が揺れるたびに、あたりにいい香りが漂う。これこそ、昔の〝追風用意〟に通うたしなみであろう。

コットンにトワレを吹きつけてブラジャーの中にはさむのもアイディアだそうだ。この場合、香水は強すぎるので、トワレのほうをおすすめのよし。

『枕草子』の中には、男性のおしゃれも登場する。

清少納言のあこがれの貴公子、藤原斉信《ただのぶ》が雨つづきのある日、戸にかけた御簾《みす》によりかかっていると、彼のきものにたきしめた香りが御簾にまで移り、その移り香のすばらしさを女たちは口々にほめそやした。

「まあ、いい匂い。いったい、どんな香りを合わせたのかしら」

現代だったら、「彼は何の香水を使っているんでしょうね」と噂しあうというところだろう。

斉信ののこした移り香は、翌日まで御簾にしみついていて、若い人たちは、「この世のものとも思えないわ……」と、その香りにうっとりしたと書いてある。

『枕草子』のこの話は、私たちに雨の日の香りのおしゃれのことを考えさせる。

雨の日は香りがよけいに濃く漂う。雨の日だから、おしゃれなんかどうでもいい、というのではなくて、よけいに気を使いたい。

雨の日は、ロマンティックな花の香でいこうか。さっぱりしたシトラスか、グリーンでいこうか。それは、その日の気分次第である。

教養あふれた美男子斉信は、雨の日の香りにどんな選択をしたのだろうか。

清少納言たちだけでなく、私たちも知りたい。

「男の人の香水を、女の私たちがつけてもおもしろいのよ」

と、香水博士の友達は言った。

ジャズ。エディション。ダンヒル。オーソバージュ。ハーレンハイト。これらの香水はことごとく、男ものの香水である。でも、これを、女性がさりげなく使うとき、女であることに甘えた感じがなくなって、しっかりと自立した、しかも、フレキシブルな感性を持ったすてきな女性を演出することができる。

いつか、眉の手入れをしてくださった女性美容師さんが、その手を動かすたびに、森の香りのような、やすらかないい香りが揺れた。そのかたがつけていたのは、オーソバージュ——男ものの、グリーン系の香水であった。

小物を愛する心

なにもなにも小さきものは皆うつくし

『枕草子』の〝うつくしきもの〟の章の清少納言のことばである。はじめて、このことばを知った少女の日、なんて詩的な表現かと胸もふるえる気がした。〝うつくし〟というのは、可憐な美しさ、いとおしさの感情である。小さなものをひとつひとつていねいに見つめながら、そのいのちを大切にするこころなのだ。

そして、清少納言が例としてあげている〝小さきもの〟とは、人形遊びの道具類とか、池の面から手ですくいあげる蓮の小さな葉とか、加茂の祭りの思い出の葵、瑠璃の壺（いまでいえばガラスのミニチュア壺）――なんとやわらかくこまやかな、まるで少女のような感性で、ものを見つめている人であろうか。

おなじ『枕草子』の〝過ぎにしかた恋しきもの〟の中にも、おなじような心が語られている。

過ぎた日の思い出の恋しさ、したわしさ。思慕をそそる小さなもの。そこにも人形遊びの道具、祭りの日の葵が登場するが、

二藍《ふたあゐ》、葡萄染《えびぞめ》などの裂栲《さいで》の、押しへされて、草子のなかなどにありける、見つけたる

ということばのロマンチックな感情も、また、たまらない。

紫、薄紫の小さな端《は》ぎれが、本の間にはさまれてペチャンコになっているのを見つけたなつかしさ。これはもう圧倒的に女性ならではの感覚である。

端ぎれはなにを裁ったときの余りぎれであろうか。

『万葉集』の大伴家持《おおとものやかもち》の歌が思い出される。

生ける世に我《あ》はいまだ見ず言絶《ことた》えてかくおもしろく縫へる袋は

「わたしはこれまでこんなにすてきなプレゼントをもらったことはないよ。なんと言ってお礼を言ったらいいか分からないほど、すてきだよ。色も形も愉しいこの袋。それになんといっても、きみの心がこもっているんだものね」

こんなことばに直したい歌である。袋をプレゼントした女性は大伴坂上大嬢《おおとものさかのうえのおおいらつめ》。家持の最愛の恋人であり、のちの妻である。

大嬢はいったいどんな袋を縫って恋人に贈ったのか、といつも思う。不器用な手で縫われた幼げな袋だったかもしれない。でも、どんな袋だって、恋人の贈ってくれたものと思えばいとしい。万葉時代の男はテレもせず、恋人の贈りものへのお礼を、こんなたっぷりした心とことばで表現している。いまの男性は、こんな芸当ができるかしら。これも、いつも思う。でも、女性の側だって、驚くばかりの思いの深さ、濃さで、相手に迫っている。これも〝小さきもの〟に托しての歌。作者は坂上大嬢。贈った相手は、恋人、家持である。

玉ならば手にも巻かむをうつせみの世の人なれば手に巻きかたし

「わたし、あなたが玉だったらいいのに、っていつも思うの。そしたら、腕環《ブレスレット》にして肌身はなさず手に巻いておけるのに。でも、あなたは玉なんかじゃなくて、この世の人ですもの。無理な話よね」

なんと品のいい甘えかたで、相手に訴えかけていることだろう。そして、この歌の上質の甘さのもとになっているのは、玉という小さきものへ寄せる深い愛である。女がこう表現するから、男もまた、そんな表現を返すことができるのかもしれない。

＊

私も、大伴家持のように、よく袋をもらう。袋をもらう気持ちは大変愉しい。なぜなら、袋は、旅にも買い物にも、暮らしの整理にもいろいろ使えて、けっして自由を束縛されない。すぐに使わなくても、思い出としてたたんでしまっておける。大きなぬいぐるみとか大きな器のように、押しつけの感じがない。

それに、袋というのは、その中になにかを入れる、そして、同時にこちらの心も封じこめる気がして、なんかなつかしい贈りものなのである。

三年前に、松本市で『万葉集』の講座を持ったことがあり、そのとき、家持の〝かくおもしろく縫へる袋は〟の歌をみんなで味わった。

しばらくして、わが家に小包が届いた。あけてみると、ちりめんの古い裂《き》れを六つはぎにして口のところをしぼった、てのひらに載るくらいの小さな袋が出てきた。添え手紙もあった。

「かくおもしろく縫へる袋は、の歌を講義していただき、どうしてもさしあげたくなって作りました。この袋は、福袋、春袋、しあわせ袋などと呼びまして、小さなころ、お年寄りのいらっしゃる親戚などへまいりますと、こうした手作りの袋の中へお菓子とかお小遣いなど入れていただいた思い出がございます。そんなころをなつかしんで作りました。布は大正から昭和初期にかけてのちりめんがよく、七、五、三のときのきものとか姉達の襦袢の残り布など、思い出の小ぎればかりの集まりです」

じつは、この原稿を書きかけて、私はその袋も手紙も取り出して、見つめ直した。〝過ぎにしかた恋しきもの〟の思いが、私の心に押し寄せてきた。

とても親しくなった男の人にならら、自分の幼い日の洋服の残りぎれなどを使って、袋を作り、「この袋は福袋、春袋、しあわせ袋などと呼ぶ袋。なんでもお好きなものを入れて、しあわせを呼んでください、私の心も入れておきました」なんて書いたカードを添えて贈るのもすてきである。

私の読者に八十二歳になるかたがいらっしゃる。このかたは、千代紙をはりまぜにした箱をよく贈ってくださる。ふたのある箱、ふたなしの六角形の箱。大小さまざま、もういままでに十個くらいいただき、手紙入れ、薬入れ、ペン立て、アクセサリー入れ、と大活躍させている。

このかたの作品はご家族の間でも大好評で、クリスマスなどには、お孫さんから、一人八個、十個などと頼まれ、おばあさまは大忙しと聞く。きっと少女の日の〝小さきものは皆うつくし〟の感性を、そのまま残していらっしゃるかたであろう。

春のある日、そのかたからまた箱が届いた。箱の中には、根のついたすみれの花が入っていた。そして、葉蘭――よくおむすびなんかを包むその葉っぱに、根は包んであった。根が乾かないようにするための心くばりである。

私はすぐにお礼を書いた。

「根つきのすみれの花、うれしくって、早速植木鉢におろしました。しとしとと降る春の雨に根づいてくれそうです。葉蘭にくるんでくださるなんて、なんというおしゃれな贈りかた。ありがとうございます。すみれの花のきた日は、ちょうどイタリーのフィレンツェの旅のおみやげに、すみれ模様の便箋をくださったかたもあり、まさにうれしいすみれの日でした」

私は大伴家持のセンスにならって、たっぷりした心とことばでお礼を言った。

＊

つい最近、私は若い友達三人に集まってもらっていろいろ取材していたときも、その三人のひとりIさんに、すみれ模様のティーバッグレストをもらった。Iさんは、ほかの人にも、桜草とか矢車草とか、模様ちがいのものを、それぞれ渡した。

「お店でこのティーバッグレストを見つけたとき、みなさんのお顔がパッと浮かびました。それに、こんな小さなものもらっても、とても喜んでくださるかたばかりですから……」

〝小さきものは皆うつくし〟の感情を持てる人、持てない人の間には、深い溝があるのかもしれない。

「男の人に小さいものをあげても喜んでもらえるかしら。もちろん、人によるでしょうけど。なんかいいエピソードはない？」

と、私はきいてみた。

結婚してまだ日も浅いNさんがこんな話をしてくださった。

結婚前に、女友達と一緒にハワイにいった。知りあってまだ間もない彼には、おみやげというほどのものをあげるのもはばかられて、ハワイ海岸から持って帰った砂を透明ラップで小さくラッピングしてプレゼントした。口はリボンで結び、ラップにはシールをはり、ＦＯＲ、ＫＩＹＯＳＨＩ、と書いて渡したそうだ。

彼はおみやげを期待していて、内心ガッカリだったらしいけれど、「おお、かわいい！」と喜んでくれた。その後二人は結婚。ラップ入りのその砂はいまだに食器棚に飾られているという。

Mさんから聞いた話もおもしろかった。Mさんのご主人がゴルフから帰ってきて、バッグの中からたくさんの洗濯物を出しながら言った。

「あっ、おみやげがあったんだ。ゴルフ場に落ちていたドングリだよ」

と、バッグの底からドングリをいくつか出してきた。そのドングリは瓶に入れられて、Nさんの家とおなじく、いまも部屋に飾られている。

「小さなものを愛する気持ち」とは、

○もの考えかたのやわらかさ

○相手の好きなもの、大事なものを認めあうこころ

なのであろう。

そして、どんな小さなものも、それを喜ぶ心を注ぎかければ、活きて、光ってくれる。テレビで「男性からもらってうれしいものはなんですか？」と女性にきいた調査を発表していた。

一、ダイヤの指輪　二、車　三、ブランドもののバッグ

これではあまりにもさびしすぎる。

一昨年、私のうちにホームステイした五十代のイギリス人男性ビルさんを、近所の喫茶店に連れていったことがある。喫茶店のマスターがビルさんにおみやげだといって、小さな風鈴を渡した。ビルさんが帰ってから手紙がきた。写真が入っていた。

「美しい風鈴《ウインド・ベル》わたしの家に飾りました。これがその写真です。感じのいい若い人に、この写真を見せてください」

草の花は

草の花は撫子《なでしこ》、唐のはさらなり、大和のもいとめでたし。女郎花《をみなえし》。桔梗《ききやう》。朝顔。刈萱《かるかや》。菊。壺《つぼ》すみれ

『枕草子』の〝草の花〟の段の書き出しである。ひとつひとつのことばがみずみずしく、歯切れよく、詩を読むようなリズムがある。色彩もまたとりどりで、ふっと目に浮かぶ色だけでも、撫子のピンク、女郎花の粒々の黄いろ、桔梗の藍《あい》紫、小さなすみれの淡紫、と、目もあやになつかしい。清少納言の感覚の冴《さ》えに目をみはらされる部分である。

好きな草の花の名前を、こうして数えあげていったこの段は、秋の野の薄《すすき》

のあわれさで結ばれる。

穂先の紅《あか》い薄が、朝露に濡《ぬ》れてなびいているのは最高。こんな美しいものが世にあろうか。でも、秋の終わりのあわれさ。まわりの秋草の花がみんな散りはててしまったあと、しらがの髪をボウボウと冬日に乱して、昔栄えた日々を思い出しているように、風の中に立っている。そのようすは、まるで人の一生を思わせる。人生を鋭くえぐる清少納言の目は、草の花の中にも、生きる哀《かな》しみをみつめている。

私は、この〝草の花は〟の文章を、ある教養教室の講師として主婦のかたがたと一緒に読んだ。そしてこの段が終わったあと、それぞれの心に深く残る草の花はなにか、ときいてみた。

身にしむお話をいろいろうかがえた。Mさんの〝草の花〟は、しゃくやくである。いまは大学生となっているご長男を産むとき、Mさんは大変な難産だった。二日くらいかかってもなかなか生まれず、母体は衰弱しきって、Mさんは、目の前にいくつもいくつも火の玉が飛ぶような幻覚さえ見た。このままでは母子共々死んでしまうというので、医師は帝王切開を決意、非常にむずかしい手術をあえて行った。それは、ひとつの賭《か》けのような大手術であった。

手術後一週間たった。ある朝、Mさんはベッドの上に起き上がって、十センチくらい開いた窓から、なにげなく病院の庭を見ていた。ふと、あるものが彼女の目を射《い》た。それは、早春の光を浴びて、ひとつひとつ突きたつように芽生えている、しゃくやくの芽であった。

光をはらむえんじ色のなんという新鮮さ。

ああ、私は生きられた！　Mさんは、自分の保ち得たいのちを、その芽のいのちに重ねた。思いは、救われたいのちをいとしんで、勁《つよ》く生きなければ、というものに深まっていった。

第二次大戦後、朝鮮から、ことばにはつくせないほどの苦労をして引き揚げてきたHさんの〝草の花〟は、犬蓼《いぬたで》である。まだ小さな少女だったHさんは、引き揚げの途中、父や母と別れ別れになり、山口県の田舎町に、さきに帰っていた。そこの親類に厄介になっていたのである。淋《さび》しさ身にしむ日々がつづいていた。秋のさかりの日、父母の乗る船が柳井の港につくという知らせが入った。Hさんは泣きながら走った。いま住む町から柳井まで二十キロの道を、涙をふりしぼりながら、ただひたすらに走った。

生きて会えないかもしれない、とも思っていた父母。再会がもうすぐ叶《かな》うのだ。涙は、感動の涙であった。

道のそばには犬蓼の花が、どこまでもどこまでも咲いていた。空はあくまで青く、秋風の中に咲き群《む》れるその花の紅《あか》いろは、心にしみつくようだった。ふだんは軽く見すごし、気にもとめぬ雑草の花なのに、ああ、この花はこんなに美しいのか、と、そのとき、Hさんの胸に、花はとびこみ、胸の中にも喜びの花を咲かせたのである。

なにげなく無感動にすごす日々には、花のほうでも呼びかけてはくれない。心が、なにかにうたれ、清冽《せいれつ》な感動に洗われたとき、人は、どんな小さな草の花のいのちにも共鳴するのだ。『枕草子』の〝草の花は〟の、撫子、女郎花、桔梗、刈萱、朝顔など、それぞれの花たち。その花たちにも清少納言の、秘められたドラマがまつわっているにちがいない。どんな思いを花たちに重ねたか、と、推しはかりながら読むとき、平安時代の野の花も、現代の私たちの心のそばに咲き乱れる気がする。

落葉ひとつに重ねる心のわざ

落葉の季節である。風に吹かれて、ななめに舞ってきては、肩にふと触れていく落葉のなつかしさ。

『枕草子』の中の落葉をご紹介しよう。

九月つごもり、十月のころ、空うち曇りて風のいとさわがしく吹きて黄なる葉どものほろほろとこぼれ落つる、いとあはれなり。桜の葉、椋《むく》の葉こそいととくは落つれ

九月の終わりから十月にかけて、空も曇り、風のさわがしい日、黄色く色

づいた葉たちがほろほろと散るものさびしさ。なかでも早く散る桜の葉や椋の葉……。

私は桜もみじが大好きである。桜の葉はもう夏のなかばから色づきはじめ、黄いろ、紅いろ、紅紫いろなどのまじった、こまやかなまだら染めを見せてくれる。

椋の葉を、私ははじめ知らなかったが、この文章を古典教室の人たちと読んだあと、生徒の一人が、わざわざ、ご実家の近くまでいって、拾ってきてくださった。

木工《むく》というのが語源だそうだ。葉のおもてがザラザラしているので、木工品をこの葉で磨いて艶を出すのだそうだ。椋の落葉は黄土色に乾いていても、葉のザラザラは残っていて、指さきの感触がいかにも秋の哀しみを伝えた。

おなじ枕草子の中に〝野分《のわき》のまたの日〟――つまり、台風の吹き荒れた翌日の、有名な名文がある。

うち倒れた大木の、折れ枝などにうちひしがれた、萩、女郎花《おみなえし》の花たちのいたいたしさ。その色彩感もあざやかである。
そして、こんなこまやかな描写が目をうつ。

格子の壺などに木の葉をことさらにしたらむやうに、こまごまと吹き入れたるこそ、荒かりつる風のしわざとはおぼえね

「格子戸の目などに、まるで風がたくみな演出をしたかのように、落葉を、ここにいくつ、あちらにいくつ、と、こまやかに吹きこんでいる。夜通し、あんなにひどく吹き荒れた風のしたこととも思われないほどのやさしさ」

格子戸の目に吹きこんだ落葉たちも、緑、黄いろ、紅いろ、朽葉いろ、さまざまな色をしていたのであろう。そのひとつひとつを手にとって、風の神の手仕事に目をかがやかせている作者の心のみずみずしいこと。

私はここの文章を読むたびに、清少納言の心がぐっと近寄ってくる。彼女と友達のような気さえする。便箋や封筒やシール。きれいなきれ。そんなも

のを箱にためている少女――清少納言はそんなおもかげがある。
与謝野晶子にも、愉しくかわいい落葉の歌がある。

金色《こんじき》のちひさき鳥のかたちして銀杏《いちやう》散るなり夕日の岡に

夕日のなかにきらめきながら、散りついでいく銀杏。黄色はきわまって金色にかがやく。その葉たちを金色の小鳥と、詩人の目はとらえる。
秋のまっさかりの日、この歌をもう一度味わい返したくなって、私は明治神宮外苑前のあのみごとな銀杏並木の道を歩きにいったりする。
そんな銀杏の葉たちが溝を埋めつくすとき、その光景も晶子の手にかかると、こんな歌になってしまう。

銀杏葉をたくはへたれば溝川《みぞかは》も人の手箱のここちこそすれ

金色にかがやく銀杏の葉を大切な宝物でもあるかのように、溝川は貯めている。その溝が手箱のようにいとしい。銀杏の落葉で埋もれた溝をみつめる晶子の目と、格子戸に散った落葉をみつめる清少納言の目。その感性は、平安と明治の遠い時間の流れをへだてて、ひびきあい、美しいものに酔いしれる。

＊

『枕草子』の平安時代よりまだ昔、奈良時代の大伴書持《ふみもち》（家持の弟）が、『万葉集』に、身にしむ落葉の歌を残している。

あしひきの山の黄葉《もみちば》今夜《こよひ》もか浮かび行くらむ山川の瀬に

山のもみじは山深い谷間の川に浮かんで、今夜も流れて行くことであろうか。

もみじのパーティに招《よ》ばれたときの歌。集まった人たちはみんな目の前のもみじの美しさやもみじをかざして遊ぶ楽しさを歌った。ひとり、書持青年だけは、夜の川を流れるもみじの落葉を歌う。そのとき、彼の心もまた、その流れ行く落葉とともに、川を流れて行く。

そして、私は、フランスの象徴詩人、ヴェルレーヌの、あの名詩〝落葉〟(上田敏訳)を思い出す。

秋の日の
ヴィオロンの
ためいきの
身にしみて
ひたぶるに
うら悲し

鐘のおとに
胸ふたぎ
色かへて
涙ぐむ
過ぎし日の
おもひでや

げにわれは
うらぶれて
こゝかしこ
さだめなく
とび散らふ
落葉かな

秋風がヴァイオリンの音のようにすすり泣き、鐘が鳴ると、私は思い出に胸ふさがれる。そのとき、私の心もうち萎《しお》れ、さながら散り落ちる落葉のよう……。

落葉ひとつも、みつめて、愛し、自分の心と重ねるわざ。それは昔と今と、洋の東と西を問わず、すべておなじ心のわざから生まれ、そこに詩が結晶する。

*

秋に、激しく吹き荒れる風のことを野分《のわき》という。この秋は野分がつづいた。ある野分の翌朝、私も近くの公園にでかけてみた。風のしわざをみつけたかったのだ。

木立の中の空き地に、木のテーブルと椅子があった。一メートル四方くらいの四角いテーブルで、五センチ厚さの細長い木を九本横に連ねてある。木と木の間に一センチくらいのすきまがある。

その朝、私は、そのすきまのあちこちに、風の手細工をみつけた。黄、焦茶、くすんだ紅、ワイン色……色がにじみあい、枯れ色となった落葉たちは、すきまに、絶妙なポーズでひっかかっていた。さかさま、横向き、深く、浅く、葉の反《そ》りようや柄の撓《しな》いようによって、うまい具合にひっかかり、落ちなかったのだ。

　落葉のテーブルは、私をほほえませた。枕草子の教室でその話をすると、「そのテーブルを見にいきたい」という人まであらわれ、そのこともうれしかった。

　一カ月くらい後のある日、私は千鳥が淵に沿う遊歩道を歩いていて、ふと、足をとめた。桜並木の下かげに、あの公園で見たのとそっくりなテーブルがあるのが、目にとびこんできたのだ。ひとりの学生ふうの若者がその上に本を開いて読んでいる。私は思わず声をかけた。

「あら、いい書斎ですね。いつもここで本を読んでいらっしゃるの？」

「いいえ、たまたま、きょうだけです」

「ごめんなさいね。なれなれしくて。じつは、こんな木のテーブルのこと、書きたいと思っているので……」

そんな会話をきっかけに、私も椅子にすわり、しばらく話した。

はじめ、そのテーブルは公園のとそっくりと思ったが、よく見ると木の間のすきまはとても狭かった。乾いた落葉が本のまわりにいくつか散らばっているのがおもしろい。

若者は近くの法政大学の一年生。本は『鉄と小麦の資本主義』という本だった。

見あげると、晩秋の木々は天蓋のように、枝をさしかわし、そこから、一枚、二枚、落葉が、また、テーブルの上に舞い落ちてくるのだった。

作文のほめことばから

幼い頃から大好きだった〝書くこと〟を仕事にすることができたのは、ある先生からいただいたほめことばのおかげではないだろうか、と、今、あらためて思う。

その先生とは、奈良女子高等師範学校（現在の奈良女子大学）の国文学の教授でいらした木枝増一先生である。

私は、昭和十三年、山口県立下関高等女学校からその学校に合格した。入学したときから、木枝先生は私のあこがれだった。地方の港町から古都奈良にやってきた娘にとっては、先生は学問の優雅な香気を身にまとっていらっしゃる特別な方のように思えたのだ。

一学期が終わろうとする頃、先生は私たちに作文の宿題を出された。与謝蕪村の『春風馬堤曲《しゆんぷうばていのきよく》』を教わった直後だったが、この作品を土台にして、原稿用紙に三枚の作文を自由に書くように、という出題であった。

何日も何日も考え、悩んだ末、私は、シュトルムの小説『三色菫《さんしきすみれ》』にふとヒントを得て、短編小説ふうに仕立てた。在所で生まれた娘が浪花に奉公に出て、藪入りの日、毛馬《けま》の堤を歩いて故郷に帰ってくる。その娘をヒロインに、恋もかすかにからませたと思う。

夏休み前に返された作文には、先生の端正なペンの字で〝凡手の影を抜けている〟と書かれていた。むずかしい言いまわしだが、平凡さの影を抜けている、つまり、見るべきものがあるというほめことばであることは理解できた。

夏休みに、その作文を山口に持ち帰った私は、何度、それをとり出して見たことか。父にも母にも見せ、一緒に喜んでもらった。地方の都市から奈良の学校に入り、心細い思いをしていた私にとって、先生のこの一言がどれほど励みになったかは、計り知れないほどであった。

この経験から私は思う。ほめことばというものは最大の励ましではないか、と。たった一言でも、その人の一生を支えるほどの力があるのだから。

世の中には、大別して、ほめる人とほめない人がいるとすれば、私はほめる人だと思う。

エッセイ教室でも、よくほめる。ところが、真実いいと思うからほめても「先生はお世辞がうまいから」と言う人がいる。

そんなときはこう答える。

「ほめるのとお世辞とはちがいますよ。ほめるには、一種の才能がいるんです」

ほめる人には三つの才能が必要だという。

○相手を大きく包みこむ心の容量の大きさ。

○相手の側に立って考えられる想像力。

○小さな美点も見逃さず、いいなと思ったことを素直に口に出せる心のやわらかさ。

才能は磨かないと育たない。ほめる人になるには、この三つの才能を日頃から磨いておかなければならないのだ。

それには、やはり、日頃からの心がけが大事であろう。

人と会ったとき、かならず一つ、ほめてみよう。

「すてきなブローチね」

「お元気そうね。お顔色がいいわ」

そんな具合に。

どんな小さなことでも見つけて、ことばに出してほめよう。やさしい気持ちを持ち、ていねいに人に接したら、何かほめたくなることは、かならず見つかるはずである。

五感を大切にすることとも、ほめることは、つながる。ていねいに人やものを見る習慣――きれいな色の服、響きのいい声、香りのいいくだもの――それらのことを感じる心は、ものをこまかく具体的に感じる心である。

五感を大事に、ていねいに見る習慣は、人をほめる心の根っこにある。

おなじ文章をほめられるのでも、ただ「いい文章です」と言われるのと「あなたの文章のこの部分は描写がいきいきしている」というふうに、具体的にほめられるのでは、後者のほうが心に残るだろう。

こまかなほめことばを贈るためには、五感をビビッドに反応させることが大事なのである。

ほめたいなと思うところを見つけたら、てれないで言うこと。言わない抑える人も多いのではなかろうか。

でも、ほめられていやな気持ちになる人はいないと思う。こう言わないと笑われるとか、特別なことを言おうとか、ことばに凝る必要はなく、ただ素直に気持ちを伝えればいい。

「こんにちは」「ありがとう」のようなあいさつは子供の頃からの習慣で自然に出るもの。それと同じように、人をほめることが習慣になればいいのである。

人をほめれば、ほめられた人もほめ返すようになる。そして、ほめことばの良循環が生じる。

『枕草子』の中に、こんなことばがある。

親にも、君にも、すべてうち語らふ人にも、人に想はれむばかり、めでたきことはあらじ

「親からも、主君からも、すべてつきあう人のだれからも、愛されていることほど、すばらしいことはあるまい」

という意味である。

まわりの人たちから、愛されているという実感をたしかに持てたら、なんとしあわせなことだろうか。それは生きていく自信となっていくと思う。

ほめられることは、この、愛されているという実感につながる。だから、たった一言のほめことばでも、生きていく自信となり、ときには、その人の

一生を支えるきっかけにもなるのである。

夫婦、親子、友達など、身近な人ほど「いいところがあるな」と心では思っても、かえってほめにくいものだが、折に触れて、きちっとほめることは大切なことだと思う。

心のこもったほめことばこそ、相手に対する最高の贈りものなのだから。

Ⅱ 兼好さんのしなやかな知恵

少女の日、『徒然草』を読んで、兼好と友達になった私は、彼から、生きる日に役立つたくさんのアドバイスをもらった。「いつ思い立っても大間に合い。すぐに駆け出せ。そして続けること」「旅に出るのは目の覚める気持。それもひとり旅が最高」――その言葉に従って、私は五十歳すぎて本格的に英語を学び、六十歳すぎてから、イギリスひとり旅に十数回もでかけた。五月、ジャージー島は野の花スリフトの花ざかり。彼方に海が霞み、印象派の絵の美しさ。だが、翌年のおなじ日、おなじ野原には、一面の草の穂だけが風にそよいでいた。花は散りはてていたのだ。そのときも、私の耳は兼好の言葉を聴いた。「世の中は不定《ふじょう》。だからこそ、その時、その時を心から愛して生きなさい」

坂をくだる輪にはならない

このごろ、思い立って『徒然草』をていねいに読み直している。兼好法師の頭は非常に合理的で知的、筆は的確で歯切れがいい。

気持がだれたとき、マイナスに傾いたとき、どうしようかと迷ったとき、そのページをパラパラとめくってみると、探しものをしていた心に、かならずピタリと寄り添う言葉がみつかる。

たとえば、この一節など、一生を左右しそうな、おそろしいまでの深さを持っていると思えてならない。〝ある者、子を法師になして〟にはじまる第一八八段の中のことばだ。

（前略）行末久しくあらます事ども心にはかけながら、世をのどかに思ひて、うち怠《おこた》りつつ、まづ、さしあたりたる目の前の事にのみまぎれて月日を送れば、事々《ことごと》なす事なくして、身は老いぬ。終《つひ》に物の上手にもならず、思ひしやうに身をも持たず、悔ゆれども取り返さるる齢《よはひ》ならねば、走りて坂をくだる輪のごとくに衰へゆく。

――将来にわたって、こうしたい、こうなりたいというような夢を持っていながら、のんびりかまえ、怠けて、目の前のことに紛れて月日を過ごしていると、なにごとも達成できず、いつか年をとっている。その道のベテランになることもなく、いい暮らしを立てることもできず、ああ、しまったと思っても、もはや遅い。そうなると、まるで坂道を走り転がる輪のように衰えていくばかりなのだ――という意味である。

なんとも耳がいたい。ズキンと思いあたるものがある。しかも、兼好のこの文章は真向から切先《きっさき》鋭く迫ってくる。

このことばを、私は山の上ホテルの教室でも紹介した。

「走りて坂道をくだる輪、っていうところがすごいですね。おどされている気さえします」

とは、ある生徒の言葉。ここは兼好の筆の冴えである。坂道をくだる輪の比喩はじつに具体的で、読む人の心にその映像が描かれるのだ。

「坂をくだる輪にならないためには、どんな手当がいるのでしょうね」

と私は問題を投げかけた。手があがった。

「日常の中で、どんな小さなことでもいいから楽しいことをみつけるのが大事だと思います。散歩して、おまんじゅうひとつ買ってくるのだって、ワクワクのもとになります」

とはIさん。

「自分がこれをやるぞと決めたことをずっと続けることです」

とはTさん。どちらも、万葉集勉強歴二十五年に近い。

そのあと、私は思いつくままに、どんなことが坂をくだる輪の強力止め具になるかを話した。箇条書きにしてお伝えしておこう。

①好奇心を持ち続けること。疑問に思ったことはすぐに調べること。

たとえば、講義のあった今日の出来事。前夜、私は予習し、バッグの中を点検し、着ていく洋服やアクセサリーを選んで揃え、迎えのタクシーを予約し、すべて手抜かりなく用意したつもりであった。でも、今朝、タクシーが来てから、なんだかバッグの中に財布がないような気がし、探すとやはりない。あわてて古い財布にお金を入れて横浜教室にでかけてきた（昨夜、バッグを点検したときはあったのだが、その後送金すべきところがあるのを思い出し、財布を取り出したのだ）。

九仞《きゅうじん》の功をイッキに欠く。

そんな古いことわざを電車の中でしきりに思い出した。九仞という字は思い出せても、仞とはどんな意味だったか忘れている。イッキとは、ひとつのモッコ（わらなわを網状に編んで土や農産物などを運ぶもの）という意味は分かりながら、どんな字だったか、はっきり書けず、たしか竹かんむりだったとだけ覚えている始末。

イライラしてきた。そこで、教室に着くとすぐに、辞書を持ってきている人に頼んで、このことわざを調べてもらった。

イッキは一簣であった。欠くも、虧く、とむつかしい字であった。

九仞の功を一簣に虧く。

これで字は完成した。しかし、その辞書の説明は簡単で、仞とは何？　という私の疑問は解消しなかった。

山を築くのに、最後に一杯のモッコの土が不足したために山が築けない。たった一つのことが足りないだけで物事が完成しないということ、と、私はバッグの中の財布の例をひいて説明しておいた（いささか強引な例ではあるが……）。

帰宅して、私はすぐに『日本国語大辞典』（小学館）をひいた。この辞典は大変なもの識《し》りである。一冊ずつが分厚くて重い。しかも十冊もある。力づよく頼もしいわが親友である。

仞とは、中国の周代の尺で八尺。つまり、九仞は高さが非常に高いことをいう。この辞典の説明を、くどいようだが、ここに書いておこう。

「(非常に高い築山をきずくときに、最後に簣《もっこ》一杯の土が足りないだけでも完成しない意味から)長い間の努力も最後のほんのちょっとの手違いから失敗に終わってしまうことのたとえ」

そして、徳冨蘆花《とくとみろか》の『思出の記』の一節の〝一簣に欠いた九仞の功を憾《うら》むのである〟も出ている。わが親友は至れりつくせりなのである。

どんなことでも好奇心がおこったら、すかさず調べる。けっして分からないままにしない。このことを心からおすすめする。

②自分から発信すること。

教室でいつも私は言う。

「皆さんは、私の講義を聴くとき、一対一だと思ってください。そして、私がなにか質問したとき、その答や感想が頭に浮かんだら、すぐに反応して、手をあげて言ってください。見当ちがいなことを答えて笑われはしないかしら、なんて考える必要はありません。一対一なんですから。ためらわず、パッと答えてください」

どの教室でも、そして、何度でもこう言う。だが、すばやく反応する人はまだすくない。

講義を聴く。テレビを観る。映画を観る。そんなとき、ただ受け身で、頭の上を滑らせていては知的効果はすくない。自分の頭を通し、どう感じるか、どう考えるかをすばやくまとめ、自分の言葉で発信してこそ、くだる輪の止め具になるのだ。

発信とはもちろんものを言うことだけではない。手紙を書く。日記を書く。投書する。みんな発信の有効な方法であることは言うまでもない。

③五感を磨くこと。

視覚、聴覚、嗅覚、触覚、味覚。この五感を鋭く保とう。意識して、これらの感覚を確かめ、磨くことこそ、何より大切なことだと思う。

たとえば、散歩をしていても、よその家の垣根の花の色をきれいだなあと思い、鳥の声、虫の音にも、ふと耳をとめ、枯れ草の匂いまでもなつかしみ、頬にあたる風のやさしさも喜び、ふとみつけた小さな店の一杯のティーもおいしく味わう。

小さなひとつひとつのことを、ああ、いいなあ、愉しいなあと、心をとめて愛《め》でる日々の暮らしこそ、最大の、輪のころがり防止になる。

ただのぶらぶら散歩でなく、五感磨き散歩と気どってみるのをおすすめする。提案者の私もかならず実行することを約束しよう。

④おしゃれを忘れない。

あなたが、「自分を思い捨てないで、どこまでも大切にする人」だったら、おしゃれだって、けっして忘れないだろうと思う。

私は講義のある日の前夜は、明日はなにを着ていくか、かならず配色を考える。ジャケットの下のセーターとかシャツ、首に巻くマフラー、ペンダント、指輪、ストッキングの色、すべて選び、実際に着てみて、全身鏡にも映してみる。靴も磨いて、出発進行の心意気で揃えておく。

⑤ユーモアも大事。

ユーモアは心のはば。心のゆとり。

しかしこれは即席には身につけられない。長い日々に積みあげる教養がものを言う。ユーモアは自分を磨きあげる最後のひと刷毛《はけ》である。

さあ、これだけのことを心に言いつけて、今日からの暮らしをていねいに運んでみよう。

あなたの暮らしは、昨日よりも今日とすこしずつつや、を増していると思う。そんな日々を重ねて、積んでいった歳月ののち——意識して実行したあなたと、なにも志さないあなたとの間には、大きな格差ができていると思う。

つまり、坂を下るどころか、むしろ、上っているあなたと、坂を走り下るあなたとの格差なのだ。

試してみる価値は大いにあると思う。

心目ざめの小さな旅

仕事に追われる日がつづき、ストレスがたまるころとなると、『徒然草』のことばが思い出されてならない。

いづくにもあれ、しばし旅だちたるこそ目覚むるここちこそすれ

行先はどこでもいい、ほんのちょっと旅に出るのこそ、目が覚めるようなすがすがしい気持ちになるものだ、という意味。ここを読むたびに、私の心にも、さわやかな風が吹きこみ、旅情に背中を押される気がする。

いまからおよそ七百年も昔の人のくせに、兼好おじさんってほんとうにい

まふうの感性を持っている人だといつも思う。

兼好はそのあと、こんなことも言っている。気の向くままにあちらこちら、田舎びたところを歩きまわり、宿についたら、都へ短い手紙を書こう、と。そして、ちょっとした旅行用品などにも気を遣って、旅情を深めようよ、と。

これらのことは、いまだって、しゃれた旅をしたいと思っている人すべての心に通いあう。

〝いづくにもあれ〟——これは旅のひとつのポイントである。旅行会社のたてたスケジュールに乗っかっての、お仕着せの旅ではなく、自分自身の創意工夫によるもの、自分の心の底からわきあがる、そこへ行ってみたいという欲求のようなものに従った旅。それが兼好のおすすめの旅なのだ。

新婚旅行にユーゴスラビアに行ったという若夫婦から話を聞いたことがある。なぜそこを選んだかという理由はただひとつ。彼が以前テレビでこの国のきれいな川を見ていつか行きたいと願っていた。そのことを話すと彼女のほうも「私もそこへ行きたい」と賛成して、それでは新婚旅行にということになったのだそうだ。

これは、〝いづくにもあれ〟の価値観が一致したのであって、すてきなことだと思う。

「いやだわ。そんな有名でもないところなんか。私はシャネルやヴィトンを買いたいし、エッフェル塔にだってのぼりたい」

と言われたらおしまいだったのである。

私の若い友達には、フラリと小さな旅に出る名人が幾人かいる。旅といっても日帰りの旅。それも旅とはいえぬ〝ほんの気ばらし〟なのである。

Iさんはあるときひどく心がめいっていた。そこで思いきってグリーンの切符を奮発して、逗子までの電車に乗った。どうにかして心をなだめてやろうと思ったのだ。

海辺の喫茶店でミルクティーとケーキをゆっくり味わい、帰りには干物を買って帰るだけの小さな旅だったが、萎《しお》れた花のようだった心は、いつか水切りをしたように活《い》き返っていた。

Mさんはバスが大好きだ。なにかの用事で一度乗ったことがあって、チラと「いいな！」と思ったところを、次には、その風景を見るつもりでゆっくりと乗る。軒すれすれにバスが走り、カーテンやテーブルの上の花なんか見えて、家々の生活が身近に感じられるようなところは、なお好きだそうだ。ああ、みんなおなじようにていねいに生きている。自分も日々の暮らしをいとしもうという気持ちになるからだという。〝目覚むる心地〟というのも、こんな気持ちなのであろうか。

＊

『枕草子』の中には、清少納言が小さな旅を楽しんでいる様子がいきいきと描かれている。日ごろは宮廷の御簾《みす》のかげにこもっている心を、旅先では思いきり解き放って、あたりの風景を、まるで少女のように胸ときめかせて見つめている。

初夏のころ、ほととぎすを聴きに、牛車《ぎっしゃ》に相乗りして田舎へでかけていく。

お仕えしている中宮の伯父の家にも、「ちょっと寄ってみましょうよ」などと、はしゃいで寄り道をする。そこでは、稲刈り唄を聞かしてもらったり、取りたてのわらびの料理を食べたりして、いまなら、カントリーライフを満喫、という気分。

その家を出て、また牛車に揺られていくと、道ばたに卯《う》の花がまっ白く、咲きこぼれているのを見つける。

「これを車に挿しましょうよ」

といって、車のすだれにも横にも挿し、挿しあまれば、屋根にも長い花の枝をおおうと、まるで卯の花の垣根を牛にひかせたようになった。

〝卯の花車〟を人にも見せたくて、日ごろから仲良しの貴族の家に寄る。彼はそのとき、大変しどけない恰好をしていたので、あわててきものを着ようとするのも待たず、車を走らせる。

「待って、待って！」

と、彼は指貫《さしぬき》をはきながら、後を追って走ってくる。いまならズボンをはきながら、という光景。『枕草子』の中の、明るく陽気な、漫画ふうな場面。揺れて、こぼれて、光る白い卯の花が心も浮き立たせる。

清少納言は初瀬の観音さまにもお詣りをした。その途中、川を渡るときは、舟に車をのせていく。車の中から、清少納言は見る。光る水面の上に顔を出したしょうぶやまこもなんかの葉先だけ短く見えているのを。お供の者にその葉をひっぱらせてみると、思ったよりずいぶん丈が長かったその愉しさ。水のきらめきと葉の緑と根もとの白の対比。まるで童画を見るような感じ。旅に出て心は軽くはずんでいる。

いまの私たちも、旅に出ると、何気ないそのあたりの風物は、洗いたてられたように新鮮に心の目にうつる。私たちも旅に出たら、仲間どうしの世間話などなるべくやめて、あたりをじっと見つめることにしよう。

できれば、旅のノートを携えていこう。文章を書こうなどと思わないで、ただ単語を並べるだけのメモでいい。こごみ、わさびの葉、にわとこ、うどの若芽のてんぷら、カットグラスの杏酒、ホップのおひたし、たらの芽のごまみそ。テーブルかけは赤と白のチェック、窓の外の白樺の芽吹き、陽光にもまれて。

これは、私自身なりの信州の旅のノートの一部分である。

＊

『更級日記』の作者、菅原孝標女《たかすえのむすめ》も初瀬に詣っている。平安時代の女性たちの中の、ほんのひと握りの、いわば〝翔んでる女性たち〟だけがこの旅に出ることができたのだ。孝標女もそのひと握りの中の一人。しかも結婚してから、やっとあこがれの旅をすることができた。彼女は、未婚のころからこの旅にあこがれつづけていたのだが、母親はこう言って、絶対に行かせなかった。

「まあ、おそろしい、初瀬になど。奈良坂で人さらいにあったら、どうしよう……」

〝母いみじかりし古代の人にて〟と彼女はなげいている。母親がものすごく古くさい人で、という意味だ。いまだって、「まあ、ヨーロッパなんて、向こうの男はこわいですよ」と言う親もいそうだ。

『蜻蛉日記』の作者道綱母《みちつなのはは》も初瀬に詣でているが、彼女の場合じつは夫兼家の浮気に苦しめられての傷心の旅だ。

旅をする心は、裸の心を自然の中にさらすことでもある。初瀬の観音さまにおすがりして、悩みをはらおうとするには、おすがりする前に、心の塵のすべてを払っておかなければならない。

都では聞いたことのないような谷川の音、木の葉の彩りのあざやかさ、石の間からほとばしる水を、彼女は自分の涙を見つめるように見つめる。旅の心はとても感じやすくなっている。

夫の兼家は、恋にかけては、妻よりもずっとおとな。家来に手紙を持たせて妻をおっかけさせた。

「ずいぶん遠出をしたね。いつ帰ってくるのか。早く帰っておいで」

妻はひややかな返事を書いた。

「いつまでいるのか分かりません。私、この旅がとてもたのしいのですもの」

私はこの部分を読むたびに、彼女はなんて損な性格なのだろうと思う。夫の浮気をうらみ、心は嫉妬にちぎれそう。ほんとうは夫をだれよりも愛しているのに、その愛を口にすることができない。それどころか、よけいにつめたいことばを口にしてしまう。その時代の三美人の一人といわれ、美貌で鳴らした人なのに、惜しいことだ。

「さあ、いつまでいるか」なんて意地悪なことを書かずに、もう少し書きようはなかったか。

ある人からいい話を聞いた。まだ友達だった彼が、大和路の旅から絵葉書をくれた。短いことばが書かれていた。

「奈良の仏様も一人で見ているとさびしい気がするものですね」

それが、二人を恋人にさせるきっかけになったそうだ。

道綱母も、「初瀬の仏様をあなたと見たい」と書けばよかったのに。

そんな手紙を出せば、陽性で愛情表現ゆたかな兼家のことだから、初瀬にまで飛んできてくれたかもしれない。

ともあれ、旅に出て、人は日常を切り離す。

自分自身を、客観的に見つめ返すこともできる。肩ひじはっていた自分の心のこりをほぐして、また、しなやかに生き直すこともできる。

そんなとき、自分の心の中にひそんでいた人への思慕も見つけることができよう。

それとは反対に、もうだめだと予感しながら、とりすがっていた恋を、いさぎよく振り捨てることもできよう。

兼好はこうも言っている。


まぎるるかたなく、ただひとりあるのみこそよけれ

気が散ることもなく、ただ一人でいるのがいちばんいい、という意味であ

る。

旅もまた、ひとり旅こそ心を見つめる旅といえるのであろう。

仕事を持って生き続ける女性は美しい

プロとは何だろう。プロの仕事とはどんな仕事をいうのだろう。

プロとはプロフェッショナルの略語。プロフェッショナルとは専門的、職業的という意味である。そして、プロの仕事というのは、あるひとつのことを自分の仕事として選んだ以上、そのことに対する愛情と誇りを充分に持って、やり続ける仕事をいうのである。

プロを目指し、プロ意識を持ち、プロの仕事をしようと願っている女性のかたに、このページで、私は語りかけてみたい。私自身、プロとして生き続けているし、おなじ志を持ったくさんの同性の友達にも恵まれているので、私のことばはみなさんのお役に立つことだろう。

あなたはどんなことを、自分の仕事として選び、それを末永く続けていこうとしていらっしゃるだろうか。それがあなたの希望や才能にかなったものであり、それをすることがあなたに喜びを与えるものであってほしい。

私の場合、子供の頃から本を読むことが大好きだった。まだ小学生にもならない頃、父が『幼年倶楽部』という雑誌を買ってきてくれたのを熟読した。その編集後記に〝らいげつごうをおたのしみに。きしや〟と書いてあるのを見て、父に「きしやってなあに？」とたずねた。「本や新聞に文章を書く人だよ」という返事は、幼い私に夢を与えた。私は〝きしや〟という人になる。すぐにそう思った。

女学校の三年生の頃（いまの中三）、火災予防の懸賞に応募するようにと、先生から急に言われ、原稿用紙三枚くらいの文を徹夜で書いたことがある。書いては消し、消しては書き、下書きはまっ黒。難渋のあと、夜が白む頃にやっと完成した。その幸福な成就感。そのとき、こう思った。おとなになってもこんなしあわせな気分を持ちたい。できるなら、一生の仕事としたい。

その夢はしあわせにもかなえられた。書いては消し、の難行はいまもおなじである。

「私には才能がないからだめです」

そんなことばを絶対に口から出してはだめである。『徒然草』の中に、こんなことばがある。

「才能がなくても、それを一生の仕事として続け、働きぬいていく人は、才能があるとうぬぼれている人を、いつか追い抜く」

――まして、どんなに小さなことでも、才能の芽を持つあなたなら、すばらしい。だれよりも、ていねいに洗うことができ、洗いあがりはまっ白。どんなに疲れていてもニコニコしていられる。才能のかたちは無限にある。

ひとつのことを自分の仕事ときめたら、とにかく続けることである。最初はあまり大きいこと、遠い未来を思わないこともコツだと思う。

目の前のことをていねいにし続けているうちに、いつか技術は磨かれていく。上の人とかお客さんの小言やクレームも、技術磨きの材料と思おう。私自身、原稿を書くことを仕事にしはじめてから三十年以上たつが、最初は編集者から、いろいろクレームをつけられることが非常に苦痛だった。あるとき、先輩の女性ライターからこう言われた。

「クレームを聞くのも原稿料のうちよ」

突然目が覚めた。心が明るくなった。

＊

女性にとって、プロとしての仕事を一生続けることはかなりむつかしい。続けないですむための言い訳が数限りなくあるのだ。プロとして立つことへの周囲の反対、結婚、出産、育児、病気、家族の世話――仕事を続けようか、やめようかと迷うとき、これらのことはやめるための有力な条件となるのだ。

つまり、女性は仕事からの逃げ道をいくらでも持っている。仕事をして生きることをほぼ運命づけられている男性とは、仕事への取り組みかたに、自然と差が出てくる。でも、もしあなたがプロとして生きたいと心から願っていたら、これらの〝やめるための言い訳〟を使わないでほしい。

一生は短い。一生かかっても、ひとつの仕事をみごとにやりとげることはむつかしい。やりはじめた以上、かならずやりとげるという鉄の意志は、じつは女性にこそ必要なのだと思う。

私はいまこの原稿を締切り当日に書いている。じつは、すこし風邪気味だし、ほんとうは明日に延ばしてもらいたい。しかし、明日に延ばせば、編集者Iさんのすべてのスケジュールが狂ってしまうことを、私はプロとしての想像力から推察することができる。

「きょう中に、いいものを書いてみせるわ」私は自分の心に言い聞かせ、自分を励まし、ふるい立たせ、長年きたえた集中力をこめて、いま書いている。実際、書いているうちに力が出てくる。喜びもわいてくるものなのだ。

ずいぶん前の話だが、洋服の仕立ての上手な知りあいの奥さんにブラウスを頼んだことがある。

ある会にぜひ着ていきたいと、その日を約束して頼んだのだが、その前夜取りにいくと、まだ袖がついていなかった。「上にスーツを着ればごまかせますから、このまま着ていってください」と未完成のものを渡され、びっくりしたことがあった。

これはアマチュアの甘えである。プロなら、徹夜してでも袖をつけるはずである。

これとは反対に、ある友達に、卒業式に着る子供の服の直しを頼んだとき、夜明けに仕上げて、東京の中野から、千葉県市川市にあるわが家までタクシーに乗って届けてくださったことがあった。そのかたは仕立てのプロではなかったが、手芸家としていい仕事をし、本も数冊出しているかたである。いま、これを書きながら思い出し、その誠実さがいまさらのようになつかしまれる。

おなじみの美容師さんは、私が髪をふり乱したままかけこんで、「きょうは時間がないの。ちょっと直してくださらない」と頼むと、頼もしい微笑みを浮かべて、こうおっしゃる。

「さあ、おすわりになって。私が魔法の手できれいにしてあげますよ」

こんなことばを聞くと、私はうれしくなってしまう。このことばの中には、プロとしての自信と誇りと、女性のやさしさが、じつにいい感じでまじりあっているのを感じる。

私の古典教室には、その日だけとくに休みをとって通ってきてくださっている、お勤めの女性も多い。

その中のひとり、ベテランのキャリア・ウーマン、Yさんから、最近いいことばを聞いた。先日、社内である種の試験があった。

「おなじ受けるなら、一番になりたいと思って、図書館に三日くらい通ったりして猛勉強しました。でも、まちがったところもありましたから、一番はむつかしいかもしれません」

明るく微笑しながらYさんは言った。なんとさわやかな話しかたをする人だろう、と、私は心を洗われる気がした。ふつう、女の人は「一番になろうと思って」などとは言わない。けんその美徳というものに縛《しば》られているからだ。そんなものに縛られないで、はっきりと自分をうち出したほうがいいのだ。

*

誇りを持つことと、自分の欠点をみつけることとは、けっして矛盾しない。いい代えてみれば、誇りを持つからこそ、自分に足りないところがみつかるのだ。

もう一度『徒然草』をひらいて、兼好さんのことばを聴いてみよう。

「一道に携わる人（プロ）は、自分のわるいところがよくわかるから、いつも自分に不満。だから、一生の間、自分でなやみ、自分を磨きつづける。専門家でない人（アマ）は、ちょっとよくなると、これでいいやと思って、好き勝手なことをする。専門家が基本を大切に守って、ていねいな仕事をするのとは、反対である」

演歌歌手の北島三郎さんがテレビで言っていた。

「自分の新曲が出て、それがよく売れて、パチンコ屋から流れてくる。立ちどまって聞くとはずかしい。どっかちがう。へただなあ、と思う。このつぎはもっとうまく歌おうといつも思う」

いいことばだなあ、と、深く心にしみた。

ときどき泊まるホテルのダイニング係のTさんにたずねてみた。

「Tさん、プロの女性として、なにをいちばん心がけていらっしゃる？」

そうですね、と、彼女はちょっと考えたのち、こう答えた。

「やっぱり、やさしさということでしょうか。具体的に言えば、お客様をお迎えしたときの『いらっしゃいませ』に、私はなにか一言添えるようにしています。ちょっと咳をしているようなかたには『いらっしゃいませ。おかぜぎみでいらっしゃいますか』、いいお天気の日には『いらっしゃいませ。気持のいい日でございますね』というふうに……」

やっぱり長い間プロとしてのれんをかけている人のことばはすばらしい。

私はいつもダイニングに入っていくたびに、まずTさんのお顔を探す。お顔が見えると安心する。Tさんは定年前の女性である。いつも、髪をきれいにセットして、いきいきと働いていらっしゃる。

仕事を持って生き続けることはすばらしいことだと思う。働いてお金をもうけることは愉しく、生き甲斐のあることである。それはその人の自立の証明でもある。そして、また、仕事という、目に見えない砥石《といし》で、自分を磨くこともできるのである。

今日、いただいた読者の手紙の最後のあたりにはこう書かれていた。

「先生がご自分の選ばれた作家というご職業で、私たち読者に、夢、希望、暖かさ、明るさという人生の喜びを与えてくださっているように、私も仕事を通じて、一〇〇パーセントとはいかないまでも、六〇〜七〇パーセントくらい、すてきさに近づけたらいいな……と願っています」

四十三歳の主婦のかた。若い頃からの夢だった通訳ガイドの国家試験を五年前にとり、いま、プロとして働いていらっしゃるかたである。

ジャージーのスリフト

二〇〇一年の五月の終わり、私はイギリスのジャージー島にまた行った。六度目の訪問である。イギリス海峡のフランス寄りの海に浮かぶこの島に、雑誌の取材ではじめて訪れたのは十五年前だった。それがきっかけとなって、私が好んで行くイギリスの旅の日程には、かならずこの島が加えられるようになっていた。

だが、五月に行ったことはなかった。これまではいつも秋であった。

二〇〇〇年の晩秋に行ったとき、定宿にしているアトランティック・ホテルのマネージャー、ダフティーさんに訊《き》いた。

「忙しい観光シーズンではなくて、島がいちばん美しいのは何月ですか」

彼はちょっと考える目になり、でも、すぐに答えた。

「五月《メイ》です」

そこで、五月の訪問となったのだ。ホテルで一休みすると、その午後、私はすぐにおなじみのタクシー・ドライバーのジョンに車を走らせてもらって、美しき五月の島の風景を愛《め》でることにした。スコットランド生まれのジョンは、一見粗野に見えるその風貌やなまりの強いことばに似合わず、親切で繊細な心を持つ中年の男性で、ひとり旅の私にとっては、いまや得がたい助っ人となっていた。

海が左手に光る道をひた走りに走っているとき、道傍の広い野原が一面にピンク色に染まっているのが見えた。いったい、何の花だろう。

「止めてちょうだい」

そう言わずにはいられなかった。

近寄ってみると、そこには、ピンクのクローバーの花に似て、それよりも小さく、色も薄い、いじらしげな花がびっしりと群れ咲いていて、海からの風に光っているではないか。

私はジョンに頼んで写真を撮ってもらった。

出来上がった写真はたいへんよく撮れていた。Tシャツの上に夏のカーディガンを羽織った私は、その花の色にかすかに染まっているようでもあって、いかにも幸福そうであった。ジョンに写真を見せると、

「これは、人生でいちばんよく撮れている写真ではないですか」

と、からかうように言って、快活に笑った。

その花は、ホテルから海を見おろす断崖のほうに行く野にも群れ咲いていた。そこで出会った人に、私は花の名をたずねた。その人は、私の旅ノートにこう記してくれた。Thrift ――スリフトというその名は私の心に濃く残った。

*

二〇〇二年の、おなじ五月の終わり。私はまたイギリスひとり旅を思い立

ち、ジャージー島への七度目の訪問も日程に組み入れた。

私の心には、なつかしい人々に会いたい思いと、スリフトの花のさかりにもう一度会いたい思いがあった。夢よ、もう一度、なのである。

ジャージー島へ行く前に滞在したバースの街の書店で、『ワイルド・フラワー』という小さな花の本を買った。まず Thrift のページを開いた。

そのページには、実物よりひときわピンクの色の濃いその花の群落の写真があった。解説を私流に訳してみると、こうである。

「海のなでしことも呼ばれる。八ミリから九ミリほどの直径の、ピンク色のかわいい花を頂《いただき》につける愛すべき海辺の植物。繊《ほそ》い葉たちのクッションの間から、細長い茎をすっきりと伸ばす。海辺の湿地、海辺の牧草地、崖や岩場に生える。ことにスコットランドの山地にも」

植物辞典は大好きだ。いつも私の想像力をかきたてる。

私は、すぐにでもジャージーに飛んで、スリフトの花のさかりに会いたかった。

そのジャージーに飛んだのは、昨年とまったくおなじ五月二十三日だった。ジョンには前もって電話してあった。空港に迎えにきて、文字通り大手をひろげて私を歓迎してくれた彼に、私は去年の写真を見せながらこう言った。

「この場所に今年も連れて行って」

ホテルに着くより先に、その花に会いたかったのだ。海を左手に見る道を、ジョンはひた走った。

目裏《まなうら》までピンクに染まりそうな野を、私は期待していた。

だが、どうしたのだろう。ピンクの花の野はない。

「たしかに、ここだが……」

ジョンは車を停めた。降りていき、私は目をこらした。

私を迎えたのは、草の穂の生い繁るはてしない野だった。一本の花もなかった。村の小学校ほどの――いや、もうすこし広いその野には草の穂だけが風に揺れていた。

近寄ってみると、穂はほのかなうす緑。ペイル・グリーン。青ざめた緑というのか、と思うと、もの悲しかった。

「花は散ってしまった《フラワー・ハズ・ゴーン》。物事は変わるものだ《シングス・チェンジ》」

ジョンがなんだか哲学的なことを言った。その通りだと、私は思った。東洋にもそんなことばがあるのよ、と、私は心の中で言った。


　かねてのあらまし、皆違《たが》ひ行くかと思ふに、おのづから違はぬ事もあれば、いよいよ物は定めがたし。不定《ふぢやう》と心得ぬるのみ、まことにて違はず

『徒然草《つれづれぐさ》』の一節にあることばだ。

前もって予想していたことは、皆はずれていくかと思えば、たまには予想通りのこともあるので、ますますものごとは決めにくい。

不確かで定めのないものと覚悟してしまうこと。それだけが真実であって、はずれることがない。そういう意味である。

そうなのだ。世は不定《ふじょう》なのだ、と、私は心につよくうなずいた。

——草の穂だけが残る野の中で、私はまた写真を撮ってもらった。曇り日だったので、私の顔はうす暗くうつっていた。去年のその日は快晴だったのだ。

私はまた思った。たとえ日が射し、よく撮れたとしても、去年のあの日とおなじものはもう撮れないのだ、と。

昨年は花ざかり、今年は青ざめた穂の野原の話を、私は、アトランティック・ホテルのマネージャーであるおなじみのダフティーさんにも話した。

微笑して、ダフティーさんは言った。

「ミセス・キヨカワ。人生は、あなたの望むすべてが叶うものではありませんよ」

前にも、ダフティーさんから、そのことばを聞いたことがある。

身に沁みることばだったので、私は、それを旅ノートの一ページに、ダフティーさんの手で記してもらった。

Life is not all you expect it to be.

不定と心得ぬるのみ、まことにて違はず。

『徒然草』のこのことばと、思いの底で通い合うものがある。

すぐに

『徒然草《つれづれぐさ》』におもしろいエピソードがある。

登蓮法師という坊さんが、ある雨の日、みんなと一緒に話しこんでいるとき、〝ますほの薄《すすき》、まそほの薄《すすき》〟ということが話題となった。

それはどちらも穂の赤い薄という意味のことばだが、それについての故事が問題になったらしい。

だれかが「そのことなら、摂津の国の渡辺の聖《ひじり》がくわしく知っておられる」といった。すると、登蓮法師は、「蓑《みの》と笠《かさ》を貸してください。いま、すぐに摂津までいってきます」と立ち上がった。

みんなが笑って「なんと気の早いお人じゃ。せめて雨のやむのを待って、でかけたらよかろうに」というと、法師はむっとしていった。

「なにを悠長なことをいっておられる。人の命は雨の晴れ間も待たないもの。いまがいまでも、渡辺の聖になにかおこったらどうなさる。また、この私だって、一寸先は闇、いつ死ぬかわかりませんからね」

そういいつつ、さっと走り出た。

原稿の締切りが近づいてきているのに、これをすませてからあとで、とか、まだ何日あるから大丈夫、とか思ってすぐにやらず、締切りの前夜に、私はいつも後悔している。そんなとき、私はこのエピソードをよく思い出す。

さあ、蓑と笠を貸してください。いま、すぐに行きます。なんとバネのきいた、あざやかな生きかただろう。

子供の頃から、よく父に「ものを苦にする子じゃ」と、私は叱《しか》られていた。ものを苦にする、というのは、この場合、気にやむ、くよくよするという意味ではなく、めんどくさがる、おっくうがる、というのである。

そのわるい癖はいまも尾をひいている。私の場合、〝すぐに〟のバネがわりにきくのは、礼状を出すときくらいである。

この〝すぐに〟ということについて、ごく最近、私自身うれしい体験をした。

ある夜、私は数人のかたと一緒にレストランで食事をしていた。その中のひとりに、映画会社の宣伝部のかたがいらしたが、私は彼にこうきいてみた。

「Nさん、『歴史は夜作られる』の中で、シャルル・ボワイエがジーン・アーサーのために、たびたび注文するあのメニューを覚えていらっしゃらないかしら。私、ある雑誌から、映画の中のディナーというエッセイを頼まれていて、あのシーンを前書きに使いたいなあと思っているんですけど……」

Nさんは、ああ、あのシーン、となつかしそうに微笑されたが、すぐにそんな細部《ディテール》を思い出すなんて、それはどんな人にも、もともと無理な話なのだ。

だが、Nさんはこういってくださった。

「調べるあてがありそうですから、わかり次第お知らせします」

別れたのは、夜の九時頃だった。翌朝、十時頃、私はその日はじめての電話を受けた。

Nさんからであった。

「メニューがわかりましたよ」

「えっ、もうわかったのですか！」

「メモしてください。シーザー風えびの蒸し煮、サラダ・シフォナーデ、ワインはピンク・キャップの21年もの、です」

「そうでしたね。なつかしい場面ですわ」

私の心は、豪華客船の中のロマンティックな恋のディナー・シーンが蘇《よみがえ》ってくる喜びと、そのメニューをこんなにも早く、私のために伝えてくださったNさんへの感謝でいっぱいになった。

「どういうふうにして調べてくださいましたの」

「映画のことなどよく書くHさんっているでしょう。彼がビデオをとってたんですよ」

Nさんは温厚な紳士で、自分のことなど、けっしてひけらかさない。だが、その一言で、私には、昨夜来Nさんが私のためにしてくださったことのすべてが目に見えるようであった。

Nさんは、おそらく、昨夜すぐに、Hさんのところに電話をなさったにちがいない。映画通のHさんならきっとテレビの名作映画のビデオをとっているにちがいない、と判断しての上のことだ。

その電話を受けたHさんも、すぐに、そのビデオを見て、ディナーのシーンを探し出し、料理の名をメモして、またすぐにNさんに知らせ、Nさんはそれを朝一番の電話で、私に教えてくださったのだ。

シーザー風えびの蒸し煮、サラダ・シフォナーデ、ワインはピンク・キャップの21年もの。ふたりのかたの、すぐにのみごとな連繋《れんけい》によって知り得た料理の名を、私は初恋の人のようになつかしがった。

いつのまにか忘れてしまいがちな、日常の中のきらめくエピソード。

私も、すぐに、この原稿の中に書きとめて、活字の着物を着せることにした。

明るみに向けて心のネジをかけ直す

自分になぜか自信が持てず、気合いも入らず、うつっぽくなる日がある。小さな失敗、些細なことばも気になってしかたがない。そんなとき、どうしたら、自分の気持ちをポジティブに切りかえることができるだろう。

『平家物語』には〝さてしもあるべき事ならねば〟という慣用句が出てくる。〝そのままの状態でいられるはずがないので〟という意味のことばである。

若い愛人に心を移した清盛から「早く邸を出ていけ」と迫られた祇王《ぎおう》は泣き沈む。だが、〝さてしもあるべき事ならねば〟と、障子に歌一首書きつけて出ていく。

平維盛《これもり》の子六代《ろくだい》は、平家滅亡のあと、母とともに山里に隠れ住むところを、源氏方に発見され、家をとり囲まれるが〝さてしもあるべき事ならねば〟母はこの十二歳の息子に晴着を着せ、手に数珠をかけさせ、外に出す。『平家物語』の中のことばは、悲嘆、絶望、あきらめのあとに、ひとつの決意をし、心をふるいたたせて、次のアクションに移ることを示す。

これほど深刻ではなくても、私たちも〝さあ、こうしてばかりはいられないわ。前を向いていかなくっちゃ〟と、明るみに向けて心のネジをかけ直したいときがある。そんなとき、この呪文のようなことばは大変役に立つ。

心が閉ざされたように感じる日は、さて、どうするか。手はじめに私は歩き出す。からだを動かすことで、うつっぽくかたまっている心もともに揺すり、動かすのである。

わが家の近くには、江戸川がゆったりと流れ、その岸辺には、草叢《くさむら》や畑が残り、その間には、まがりくねった小径《こみち》が残っている。小径を、背すじを伸ばして、さっさっさっと歩く。「楽しいことを考えなさい」と心に言いつける。

散歩の径に、きれいなものをみつけようと、目と心をとめながら歩くことも、おすすめの方法である。先日、私は、ある家の塀をつたって伸びているなんとも美しい蔦《つた》の葉たちに遇《あ》った。

葉たちは、そのひとつひとつが、まるで染色名人の手づくりかと思われるほどの精巧な色あいを見せていた。緑の濃淡のぼかしのまわりにオフホワイトの縁どりをつけ、ワイン色の柄をつけた葉。その葉を私は一枚取って帰って、長く愛《め》でた。

早春の公園に、早咲きのつつじの花をみつけた喜び。つつじは、小さな紅のつぼみを、これは絹の布細工のように、葉がくれにつけていた。みつけ出すものはたくさんあるはず。とにかく、からだを動かして、外に出て、すこしでも心はずむものに触れることをおすすめする。

近くに住む私の娘は、気分転換したいときには、電車に一時間くらい乗って、もめんやに、もめんのきれを買いにいくという。パッチワークや部屋のもよう変えで上手に気をまぎらす彼女なのだ。買いもののついでに、雑誌などで見て、行ってみたいと思っていた喫茶店に寄ってみたりもするという。もっと時間があれば、房総の海辺までドライブして、花をいっぱい摘んでくるという。なるべくひろびろとしたところがいいのだそうである。心を、しばらく、ほかの空間にうつして、日常とちがった自分を演出してみるのであろう。

＊

私の場合、思いきって、部屋の大整理をするのも、落ちこみから救う方法である。

書斎には本や資料が積み重なっている。一時間とか二時間とか、時間を計って、それを片づける。要るもの、要らないもの、これをパッと判断して処理するのがコツである。

要らないものを捨てるのは、心のぜい肉を落とすのとよく似ている。すっきりと片づいた頃には、落ちこんでいた心の、ネガティブな部分も消えている。

　整理していくうちに、思わぬ拾いものをすることもある。手紙の整理をしているとき、古典教室のFさんからもらった古い手紙をみつけ出し、これはあの秋の日の講義のあと、と胸熱く思い出す。萩の花をうすく刷り出したはがきに、こんなことばが書かれているものだ。

「先日、こぼれ散る萩の花にあいたいと、鎌倉、宝戒寺に行きました。その日にぴったりの萩の花の紅茶カップを二つ求めました。その一つ、先生に使っていただけましたらなんとうれしいでしょうか。萩の花ばかりに気をとられていたら、小さな赤とんぼがとんでいるのです。楽しいですね。先生におしつけます」

　手紙を読み返して、私は台所に立っていく。

　そして、食器戸棚から、そのカップをとり出して、もう一度眺める。葉や茎はグレー、花は茶で描かれたクラシックな絵柄のカップ。よく目をとめてみると、花近くに、小さな小さなとんぼが一匹。私は、『枕草子』の中の

「なにもなにも小さきものはいとうつくし」ということばに共感する。

お湯をグラグラわかし、紅茶をていねいに入れて、そのカップで飲めば、心のもやもやもいつしかきれいに拭《ぬぐ》い去られている。

心が落ちこんだ日は、自分はだめな人間と、自分を思い捨ててはけっして這《は》いあがれない。自分で自分を愛せない人間に、どうして、しあわせが訪れよう。

一枚の葉、ひとつの蕾、一通の手紙、ひとつのカップ。どんなものにでも、明るみへ心のネジをかけ直す鍵はひそんでいる。そうして、心をなだめ、励ましていくけなげな自分を、私はいとおしむ。そして、心に言う。「さてしもあるべき事ならねば……。さあ、前を向いていこうね」と。

いづくにもあれ、しばし旅立ちたるこそ、目覚むるここちすれ

『徒然草』の兼好はこう言っている。もちろん、この説には大賛成である。

忙しい私には前もって予定を立て、スケジュール通りに動く旅は、ほとんど不可能だし、あまり好きではないから、私の旅はたいてい急な思い立ちのふらり旅である。

ある年の初夏、長野県の三城《さんじろ》高原にでかけたのも、そんな旅であった。前夜、山荘ピリカに電話を入れて、部屋はありますか、と問うと「どうぞ。山菜をいっぱい採って待ってます」という嬉しい返事。

そして、ほんとうにそうだった。料理のひとつひとつになんと心がこもっていたことか。

てんぷらは、こごみ、わさびの葉、にわとこ、うどの若芽、たらの芽、よもぎ、しいたけ。小さなカットグラスの杏酒を添えて。

野生のホップのおひたし。たらの芽のごまみそ。うどの酢みそ。

新感覚のメニューもある。

アスパラのミートソースグラタン。山菜サラダ。ダイスカットのステーキ。

みんな材料をいとしんで、料理大好きの奥さんが腕によりをかけて作ってくだったものばかり。

翌朝の献立も忘れられない。あずきっ葉（えんどう葉）のおひたし。わさびの葉のおひたし。高原野菜のスープ。目玉焼き。いちごミルク。奥さん自慢のパンケーキ。手作りの、ぶどう、いちご、こけももジャム。

ふらり旅だけど、旅のノートにメモはしっかりとっている。赤と白のチェックのテーブルかけも、窓外に見えた白樺の芽吹きの、陽光にまみれるやわらかさも書きとめてある。送りの車をとめて、奥さんが採ってくださったホップの葉はいまだに押し葉として残っている。

景色や料理に会いにいくだけではなく、そこに生きる人のやさしい心に会いにいくのが旅である。そうしてこそ兼好の〝目覚むる心〟は得られ、また新しく生き直していけるのである。

話し上手、聞き上手

徒然草に、こんなことばがある。

久しく隔りてあひたる人の、わが方にありつる事、かずかずに残りなく語り続くるこそ、あいなけれ

長い間会わなかった人が、自分のほうにあったことを、あれもこれもと、すみからすみまで、相手のことにおかまいなしにしゃべり続けるのはいやなものだ、という意味である。

ある日、バス停でバスを待っていると、私の後から二人の人が来た。その

二人は、久しぶりにそこで会った知り合いらしく、一人の人が、

「まあ、お久しぶり。お元気そうですね」

と言うと、相手は、

「いえ、元気ではないんです。あまり食いしん坊をしすぎて、糖尿病になってしまいました」

と、バスに乗っている間じゅう、十五分ばかりも糖尿病のレクチャーを続けていた。

聞いているほうは、病気の話ばかりなのでうんざり気味で、途中、バスがとまったとき、

「あっ、あそこにアロエの木があるわ。あれは傷に効くんですよね」

と、アロエに話を切り替えようとしたのだが、効きめはなく、話し手は降りるまでわが病気の話を続けたのだった。

電車やバスの中で、ちょっと意地が悪いかもしれないが、自分と関係ない人の会話を、取材のつもりで聞いてみるのはおもしろい。

枕草子の〝にくきもの〟の段に〝物語するに、さし出でして、われ一人さいまくるもの。すべて、さし出では、わらはもおとなも、いとにくし〟とある。〝話をしているときに、出しゃばって、話の先まわりをする人。出しゃばりというものは、子供も大人も大変にくらしい〟という意味である。

上手にキャッチボールができている会話というのはまれである。たいてい片方がたて続けに話している。片方はたまにひと言ふた言で、後はウン、ウンとうなずいている人が多い。

三人の場合、たいてい〝われ一人さいまくる〟という人が歴然といて、もう一人が聞き手で、もう一人は圏外に放り出されて、興味のない顔でだまっていたり、仕方なく外を見たりしている。こんなパターンが大変多い。

会話は、いい会話をしようと意識しないと、だれか一人しゃべりまくるという形になりやすいのではないだろうか。

人がどう聞こうと、自分のことばかり話している人。また、無感動で、人の話にちっとも興味を示さない人。そんな人たちがわりに多いのである。

きれいに会話のキャッチボールをするということは、かなりむつかしいことである。

『フライド・グリーン・トマト』という映画は、女の友情がテーマになっているのだが、話しかたという視点から見ても、大変おもしろい。

八十歳くらいの、白髪の、鶴のようにすがすがしくやせたニニーというおばあさんを演じているのが、アカデミー女優のジェシカ・タンディ。そのニニーと知り合ったエヴリンが、ニニーの話に刺激されて、だんだん変身を遂げていくのである。

エヴリンは更年期で、ふとっていて、人生なんておもしろくもなんともないと思っている。せっかく腕によりをかけてお料理を作っても、夫は帰ってくるとすぐテレビの前にすわりこみ、野球を観る。自己開発のカルチャー教室にも通ってみるのだが、彼女にはまったく効きめがない。

八方ふさがりの状態でウツっぽくなっているエヴリン。知人を見舞いに行った老人ホームの待合室で偶然ニニーとことばを交わす。

このニニーが話がうまいのである。説得力があるし、明るいし、要点も的確につかんで話す。

エヴリンは人生に興味がなかったのだが、だんだんとニニーの話にひきこまれていく。そして人生を変えてみようと思うようになる。

ニニーは、いままでずっと何か人の役に立ちたいと思って人生を送ってきた女性である。だから、彼女のことばには、人を励ましたり、人の支えになりたいという心があふれていて、人を打つのである。

「あなた、家の中に閉じこもってばかりいないで、何かお仕事なさいよ。とっても肌がきれいだから、化粧品のセールスはどう?」

エヴリンのほうは、話を聞こうという好奇心が旺盛で、相手の話を心に沁みこませていく集中力も持っている。

おばあさんになっても、人を励まし、その人の人生までも変えてあげたいという熱情を持ち、その話に魂をこめるニニーと、それを素直に心に沁みこませていくエヴリン。見ず知らずの二人だったのに、偶然出会って、心の底を打ち割って話し合ううちに、二人は永遠の友達として結びつく。化粧品のセールスを始めたエヴリンは、目を見はるほど、いきいきしてくる。ニニーのことばにこもる言霊《ことだま》が、エヴリンの全細胞に活力を吹きこんでいくかのように。

映画の最後では、エヴリンは、ひとりぼっちのニニーを家にひき取る。いまは、いきいきと輝き始めたエヴリンに、夫も共感し、ニニーと一緒に住むことに心から賛成してくれるのだった。

枕草子の〝ありがたきもの〟の最後のことば〝女どちも、契りふかくて語らふ人の、末まで仲よき人、かたし〟――女どうしでも行末長くと固く約束して仲良くしている人たちが、最後まで仲の良いことはめったにない、という意味の、そのことば。ニニーとエヴリンの場合は、そのめったにない、ということを実現して見せてくれているのである。

語らふ、ということばが、もともと、まごころを傾けて語り合うという意味なのだが、語り合った結果、親友になる、という意味になる。愛情のはじめはことばから、ということを示しているところ、大変おもしろい。

生きこむ

ときどき、私は速足散歩をするのだが、そのとき、おもしろい感覚を味わうことが多い。

歩き出してすぐは足が重たい。遠くまで行くのはめんどうだから、近まだけ歩いてひき返そうかなと思ったりする。だが、そのまま歩いていって、近くの公園に入り、中央の大時計を見ると、十分くらいたっている。

もうすこし歩こうと、坂を下って、江戸川の土手まで足を伸ばし、おきまりコースをぐるっとまわって、もう一度、大時計のところまで帰ってくると、もう三十分も歩いている。

このくらい歩くと、ふしぎに足はぐっと軽やかになる。そして、もっと、もっと歩きたいと、からだ自身が要求するような感覚が出てくるのだ。
この感覚を、私はおもしろいといつも思うのである。その感覚にのって、公園の中をたっぷりひとまわりしてわが家に帰ってくると、大体、五十分くらいの速足散歩となる。

歩きこむ。そんなことばを思う。ひとつのことばの思い出がある。四十代から五十代にかけて、私は『女学生の友』とか『小説ジュニア』という雑誌のために、二百枚の長編小説を数多く書いた。二百枚というのは、気の遠くなるような枚数である。最初のうちはまったく捗《はかど》らない。一日、二枚か三枚がやっとである。

筆は重く、ちゃんと書き終えて渡すことができるだろうかという不安に胸はふさがれている。

『徒然草』の〝筆とればもの書かる〟――そのことばが私の背中を押してくれる。不安をねじふせ、とにかく筆を持ってじりじりと書き進んでいくうちに、すこしずつ、書けるぞという気持ちが湧いてくる。書く喜びが出てくる。

筆は早くなり、書きたいという思いにせかされる。

締切り日が近づくと、編集者から電話がかかってくる。

「調子はいかがですか。いま、どれくらい書けていますか」

「百二、三十枚っていうところかしら。まだうんと手を入れなくてはいけませんが……」

相手はほっとした声になり、こう言う。

「けっこうですね。その調子で書きこんでいってください」

その書きこむということばを思い出すのだ。

なにかひとつのことをしつづけているうちに、愉しさが湧いてきて、そのまま一気に進んでいける、進んでいきたいという感じが身にも心にも出てくる。

歩きこむ。書きこむ。重なる感覚だ。

こむということばを調べたくなって、私は広辞苑をひいてみた。動詞の連用形についたこむは次の三つの意味がある。

(イ)中へ、内への意をあらわす。続猿蓑「煤《すす》はきや鼠追ひこむ黄楊《つげ》の中」
(ロ)すっかりそうなる意をあらわす。「老いこむ」「ふさぎこむ」
(ハ)みっちり、または十分にそうする意をあらわす。「教えこむ」「鍛えこむ」「煮こむ」

歩きこむ。書きこむ。それはこの(ハ)である。
(ロ)と(ハ)のちがいは、(ロ)はそうなるであり、(ハ)はそうするである。(ハ)には意志がこもっているところがいい。そこがうれしい。

生きこむ。そんなことばも浮かんできた。

ふつうには使われていないことばだ。それは、みっちり、または充分に生きようとする心の姿勢に使いたいことばである。

生きこむためにはどうすればいいか。そのためには、日々の暮らしのひとつひとつのわざを、意志をもってやりつづけ、愉しみに変えていくことしかないと思う。

生きこむ。

呪文のように唱えてみれば、勇気が湧く。さあ、今日も、いそいそと生きつづけて、自分を磨きこんでいきたいと思う。

古典のことばのすごさ

夫が旅先で急逝したとき、すぐに私の心にひらめいたのは、『徒然草』のこのことばだった。

死は前よりしも来《きた》らず。かねてうしろに迫れり

死というものは前から来るとはかぎらない。あらかじめ、背後に迫っている。こういう意味である。

夫がどんなふうに亡くなったかを、同行の旅行会の人に聞いた。

夫は紅葉の名所である秘湯の露天風呂にひとり浸っていた。上のほうから、

その様子を見る人がいた。最初に見たとき、夫は岩に頭をもたせて紅葉を見る風情だったという。人は一度立ち去り、二十分ほどして、ふたたび来てみると、夫はうつ伏せになって湯に顔をつけていたという。

私は、そのとき、死が背後よりふっと夫の背を押したのだ、と思った。予兆もなくうしろに迫る死。そのことを観念的には分かっているつもりの私だった。だが、夫の死は、私にまさにそのことを具体的に、さながら絵解きをして見せてくれたようだった。

〝かねてうしろに迫れり〟の後はこうつづく。

人皆死あることを知りて、待つことしかも急ならざるに、覚えずして来る。沖のひかた遥《はる》かなれども、磯より潮の満つるごとし

人はだれでも、死の来ることを知っているが、そんなに急にやってくるとは思ってもいない。だが、死は予期せぬとき、突如として来る。沖のほうま

で干潟になって、はるかな向こうまで広々としているときには潮がくるとも思わないが、突然、あっというまに磯のほうから潮が満ちてくるのとおなじようなことなのだ――なんということばのすごさ、真実のすごさ、なのだろう。

私は主婦の友文化センターで、『徒然草』を数年間講義しつづけている。この部分は『徒然草』の中の名文句として有名で、私は、もちろん誦《そら》んじていた。そして、事あるごとに生徒のみなさんにも、しつこいばかりに、紹介してきた部分である。

だが、夫を亡くしてみて分かった。ことばを頭で理解していたのと、現実に、自分のいちばん近いところで死に触れる思いをしたのとでは、その思いの濃さがちがうのだ。

私は兼好の声音を身近に聴いた。

「どうだ。おまえさん、分かったか。わしの言った通りじゃろ」

兼好は澄んだ声でそう言った。

古典の重さというものを、私はあらためて思った。兼好はどんな体験から、これほどのことばを語ったのか。ともあれ、そのことばの中に永遠の哲理があればこそ、古典としていまに残ったのだ。

『万葉集』の、大伴旅人の歌も、私には思い出された。太宰帥《だざいのそち》として大宰府に赴任したとき、彼は妻を伴った。だが、妻はその地で病死した。旅人は、往路妻と見た風景を帰路は一人で見ながら奈良まで帰っていく。すべて思い出の種でないものはない。

我妹子《わぎもこ》が見し鞆《とも》の浦のむろの木は常世《とこよ》にあれど見し人ぞなき

わが妻がかつて見た鞆の浦のむろの木は、今も変わらず、いつまでもあるけれど、この木を見た妻はもうこの世にいないのだ。〝見し人ぞなき〟という旅人の深い悲しみは、私の心にぴったり重なった。悲しみの旅路を辿《たど》った旅人は、ひとり佐保の邸に帰りついた。

吾妹子が植ゑし梅の木見るごとに心むせつつ涙し流る

妻が手ずから植えた梅の木。それは妻そのものに思える。旅人はその梅の木を見て、涙にむせぶのだ。

以前は何気なく読んでいたこの〝心むせつつ〟ということばが、夫を亡くした直後の私には、なまなましい肉体感を伴ってうなずけるのだ。

古典は生きている。生きて、私たちの心に「人間の心って、昔も今もちっとも変わらないんだよ」ということを教えてくれている。

＊

古典の教室で『万葉集』や『枕草子』、『徒然草』を教えつづけて、ずいぶん長い年月が経つ。しかし、夫の死の後ほど、古典の声が肉声として聞こえたことはない。

では、生きるということについて、古典の人はどう言っているのだろう、と、あらためて考えた。できるなら、生きる歓びを歌いあげていることばを、読み返したい。そして、それを勇気としたい。私はそう思った。

そうだ、おなじ旅人の歌に、こんなのがある。

生ける者遂《ひとつひ》にも死ぬるものにあればこの世にある間《ま》は楽しくをあらな

旅人は言っている。生きている人は、みんなついには死ぬのだと。だれも死なない人はいない。すべての人のいのちは有限なのだと。

有限だからこそ、この世に生きている間は楽しく生きようではないか、と。

少女の日にこの歌を知ったとき、私は、旅人のこの〝楽しく〟ということばを、単純に考えた。現世を享楽的に生きよう、というふうに解釈した。

だが、いまの私には、〝楽しく〟の意味は、以前よりもっと濃密な、刻みの深い意味を持っている。

ただおもしろおかしく、ではなく、もっと一瞬一瞬を愛《め》で、ていねいに〝いいなあ！〟という愉しい思いを味わいつくしていこうという意味にとれはじめたのである。

進行形のままで

こころよく
我にはたらく仕事あれ
それを仕遂げて死なむと思ふ

石川啄木のこの歌の、完結のさわやかさに、若い日は心惹《ひ》かれた。

しかし、年を重ねてきたいま、私は、〃それを仕遂げて〃死ぬなどということはむつかしい、と分かってきたし、また〃仕遂げて〃死ななくてもいい、と思っている。

私は、積みあげられた本や資料に埋もれながら、書く仕事や明日の講義の準備を、毎日のようにつづけている。このトロイの遺跡のような本や資料を、ピシッと整理すれば、どんなにすっきりするだろうといつも思う。でも、整理などできないうちに、次の仕事が来る。

ときどき、私は感慨にふける。このままの状態で、私はあの世に逝くのだろうか、と。

自分に話しかける。そんな死にかたが、いちばんしあわせなことではないの、と。

明日渡すという約束の原稿を書きかけて、そのまま眠るように息絶える。それは、最高の死のかたちであろう。

仕事も進行形のまま長患いなどせず、さっとこの世から消える、というのは、理想のかたちの旅立ちである。

だが、死のかたちを、私たちは自分で選ぶことはできない。それは、大いなるものの手によって、定められているのではないか、と、私には、このごろ思えてならない。死期についても、そのことは言える。

『徒然草』の兼好法師は、きっぱりとこう言い放っている。

若きにもよらず、強きにもよらず、思いかけぬは死期《しご》なり

若いとか強いとかの区別はなく、予期せぬときに、死は人をおそうのである。

兼好はさらにこうも言っている。

今日まで逃れ来にけるは、ありがたき不思議なり

死ということを逃れて、きょうまで生かしてもらっていることは、ほんとうにありがたく、不思議なことである。この〝ありがたき〟ということばは、私たちがふつうに使っている「ありがとう」の意味よりも、もっと深い「めったにそんなことはない、貴重な」という意味なのである。

兼好のこのことばは、身に沁みとおることばである。

だからこそ、この生きている日々を大切にしたい、と、私は思う。けっして、〝これを仕遂げて〟などと望まなくていい。しとげる、なんて不遜《ふそん》な考えかたのような気さえする。

毎日、毎日、ていねいに生きたい。進行形のままで死んでいきたいと思う。

夫が旅先の温泉で、夢のようにいのちを終えた日、私は前日からの諏訪の旅から帰ってきて、突然の電話で死を知らされた。いのちが絶ち切られなかったら、夫はその宿に一泊して、次の日の午後には、わが家に帰ってくるはずであった。

夫は、二人の暮らしが、次の日からも快適につづくようにと、こまごまと気をくばり、働いてくれた後、自分では予期さえしない死へ旅立っていた。

ペアのティーカップは、漂白剤につけて、真っ白に光らせていた。卵は冷蔵庫に並べられ、牛乳も新しいものがおさめられていた。

私の本棚の、文庫本の二段だけ、きちんと整理されていた。すこしだけでも整理を手伝ってやろうと思ってくれたのであろう。

夫の机の前には、漂白剤、卵、牛乳、本整理などと書かれたメモ用紙が置いてあり、ひとつひとつの文字は線で消されていた。

定年以後は「これからは、きみを手伝ってあげるよ」と言い、無給の秘書などと冗談もとばしつつ、私を心から支えてくれた彼である。買物も、洗濯も、料理も、みんなしてくれた。

「ぼくは、そんなに家事をすることは好きじゃない。しかし、自分が好きだと思う人がこまっているのをみると、助けてあげようと思うのが、自然の情だと思うよ」

いつか、そんなことばを聞かせてもらったことがある。あらためて思えば、なんというありがたいことばだったことか。

そんな夫が、死の前日にしたこまかい心くばりの仕事は、やはり進行形の仕事だったと思う。なぜなら、夫は、ピカピカに磨いたティーカップのひとつを、自分が、その翌々日から手にすることがないなど、夢にも思わなかったからである。

ひとりになった私は、ペアのカップのひとつに、ていねいに紅茶をいれて、日々、新しい朝を迎える。キッチンの壁にかかった夫の写真にこう言う。

「おはよう。今日も元気で生きて、仕事をつづけているわ。ほんとうにありがとう！」

老いの方人《かたうど》

『徒然草』の一六八段は〝年老いたる人の、一事《いちじ》すぐれたる才《ざえ》のありて、「この人の後には、誰《たれ》にか問はん」など言はるるは、老の方人にて、生けるもいたづらならず〟ということばではじまっている。

年老いた人が、何かひとつのことで他人にまさった才能があって「この人が死んだあとには、誰にきけばいいのだろう」などと人に言われるのは、老人のために気を吐くもので、無駄に長生きしているのではない、という意味である。

老いの方人、とは老人の味方ということである。この人のように生きたいという見本になる人のことである。

一九九四年の夏、イギリスに旅したとき、ロンドン在住の友達から、「いい切り抜きとっておいたわ」といって、イヴニング・スタンダードという新聞の切り抜きを見せられた。今日のイギリスにおけるいちばん年寄りの（そして、いちばんごきげんで陽気な、人を勇気づける）働き手として授賞された女性という見出しの横に、厚手でわりとやぼったいオーバーコートを着た小柄なおばあさんが、地下鉄の座席にすわり、新聞を手にしている。

べつににっこり笑って、というのではなくて、ふつうの顔をして写真に撮られているところがおもしろい。左手だけ手袋をはめ、右手は脱いで、しっかりと新聞を握っている。新聞は二種類。いつもデイリー・メイルとデイリー・テレグラフ。

髪は白髪まじり。お顔には皺《しわ》があるけれど、いきいきとした目、きりっと結んだ口には、時代の潮流の中にしっかりと生きている気概がみなぎっている。九十歳の現役の秘書、エニッド・ジョーンズさんだ。

ロンドンの郊外から一時間半の地下鉄の通勤。ドアの横の席、とミス・ジョーンズの席はいつもきまっている。地下鉄のスタッフもいまや彼女と仲良しだ。

ミス・ジョーンズの勤める会社はロンドンのソーホーにあり、社長は二十店以上のレストランを経営している。ミス・ジョーンズは一日中フルタイムで働いている。タイプを打ったり、電話に出たり、手紙を開封して処理したりして忙しい。

仕事について彼女はこう言う。

「私、頼まれる仕事は何でもやりますよ。できるだけ長くこの仕事をつづけたいわ。私の頭はまだ充分働いているし、ボスも私をやとっていて、けっして損はしないと思うわ」

また、こうも言う。

「年をとれば誰だってすこしは仕事がのろくなるわ。でも、そんなことなんでもないことよ。がまんづよく、こつこつやりつづければいいんだわ」

会社の重役の一人、ロバート・アールさんは彼女の親友だ。彼はフロリダに行くとき、過去七年間、毎年彼女を誘っている。

ミス・ジョーンズは五回婚約したが、結婚はしていない。

「私、たくさんの男友達を持っているわ。でもね、結婚にはあまり魅力を感じないのよ」

たくさんの男友達というところを、彼女は強調した。

六十歳のころ、彼女は一度仕事をやめた。だが、月曜の朝になるとひどく退屈を感じた。友達が新しい就職先をみつけてくれた。

「一年間だけやってみようと思ったの。それが三十二年前のことで、それからずっと私、ここにすわって仕事をしているわ」

「私は働くことが好きなのね。仕事は私の頭脳をいきいきさせてくれるし、それが私の唯一の生き甲斐でもあるわよ。そりゃ、時には、朝、目覚めたとき、ベッドから離れたくないときだってあるわ。でもね、そんなとき、私は自分自身に言うの。さあ、エニッド、起きるのよ。あなたは自分を訓練しなくっちゃね、って」

ミス・ジョーンズの最後のことばがすてきだ。九十歳になって「あなたは自分を訓練しなくっちゃ」とは、なんという前向きの若々しい志なのだろう。

この切り抜きで、私がとくにおもしろいと思うのは、彼女がえらい女史とか経営者などでなく、人に使われているふつうのおばあさんというところである。

ロンドン郊外のふつうのアパートに住んでいて、自分一人でコーヒーをいれて飲んで、おきまりの地下鉄にのり、おきまりの新聞を買って、おきまりの日々の仕事をこなして生きていくところがすばらしい。

昨日とおなじ仕事が今日もできる、ということのしあわせ。なんとしあわせな人なのだろう、と、私は思う。

私は、朝日カルチャー新宿教室でエッセイ入門講座を持って、もう六年目になる。もうすこし寝ていたいな、と思う朝だって、たまにはある。でも、生徒のみなさんも、名古屋、塩山、鴻巣といった遠いところから通ってきていらっしゃる。近くの公会堂ならいざ知らず、遠くから、ずいぶん時間をかけて電車にのっていらしているのだ。

このかたたちだって、ああめんどくさいな、寝てたいな、って思われることがあると思う。けれど、前回とおなじように、今日も勉強しよう、つづけよう、というその単純な思いこそ、いちばん大事なのだと思う。

とくに新しい、あっと驚くようなことをするのじゃなくて、昨日とおなじように今日があり、今日のことができるということがいちばんすてきなことのような気がしてならない。

私も、生徒さんも目をかがやかせて、さあ、今日もエッセイの勉強と、顔を見合わせる朝は快い。

じつは、私自身、この九十歳秘書さんとおなじことを、ひとつ実行しているのだ。

朝、ベッドで目を覚ます。

私は自分に言う。

「妙ちゃん。起きなさいよ」

それは、いまは亡き母が、私を呼んでいたことばだ。母があの世にいって、もう十三年もたつ。私はまだこんなに元気で生きているのよ。死ぬまでは生きるわ。それもできるだけ充実して、と、私はいつも母に言う。

「今日も元気で働こうね」

終わりのことばは、自分で自分に言う。これは毎朝、ベッドを離れるときの私のひとつの呪文になっている。こう呼びかけることによって、からだ中の細胞もいきいきしてくるような気がしてくる。

ミス・ジョーンズの年――九十歳まで、私も現役で働きたいと切に思う。

Ⅲ

古典のシンクロニシティー

〝うつせみの世やも二《ふた》ゆく〟——この人生が二度とあろうか。たった一度の、かけがえのない人生を、われわれは生きている。大切に扱おう。こんな意味の名言を歌の中にはめこんで残してくれたのは、万葉集の大伴家持。その名言を、わが人生にも生かそう。一度きりの人生。おなじ生きるなら、中味の濃い、充実の人生を持ちたい。好奇心に燃え、すぐに調べ、知って喜ぼう。何かを創り出せれば、なお喜びは深くなる。文章を書き、絵を描き、楽器を奏で、自然の中に遊び、動物と共に生きる。人生を享受するわざは多彩だ。あなたが、自分の人生のデザイナー。一度きりのいい人生を仕立てよう。

百人一首

ことばの種子《たね》

〝ひゃくにんいっしゅ〟ということばを、はじめて耳にしたのは、小学校一年の冬休みに入ったころであった。

当時、私の家は下関市にあり、汽車で二時間ばかりの距離にある防府の中《なかの》関《せき》というところから、父方の祖父が訪ねてきたときの話である。

祖父は寡黙《かもく》で気むずかしげな人であったが、ときどきしか会うことのない私をかわいがってくれていた。

「お土産になにを買《こ》うてやろうか」

という祖父のことばに、私はすかさず答えた。

「トランプ！」

トランプはそのころはやりはじめた、しゃれた遊びで、子供の雑誌にも紹介され、「幼年倶楽部」の熱烈な読者であった私は、あこがれつづけていたのだった。

「トランプ？　そんなハイカラなものより、ひゃくにんいっしゅにすればいいのに」

祖父はつまらなさそうにいった。ひゃくにんいっしゅ。私はそのとき、その耳慣れぬことばを、生まれてはじめてきいたのだ。

そのことばには、なにやら頑固《がんこ》そうな古めかしい響きがあった。それを口にした祖父自身のイメージかもしれない。ひゃくにん、という発音の固さのせいかもしれない。

私は祖父を本屋に連れていった。トランプは本屋の奥の片隅にあったのだ。

祖父は、私にトランプを買ってくれると、お金を払いながら、店員にこういった。

「ひゃくにんいっしゅを買うてやりたいのに、この子はこのほうが好き、というんで……」

もう五十年以上も前のことになるのに、そのときの、祖父の苦笑した顔はいまでもよく覚えている。

私はそのとき、祖父がいやに〝ひゃくにんいっしゅ〟にこだわるなあ、とは思った。だが、満六歳の子供ごころには、ただもうトランプを買ってもらえたそのことだけがうれしく、「ひゃくにんいっしゅってどれ？」などとたずねてみることもなかった。

祖父は祖父で、田舎の農家の働き者で、人よりも口の重い人だったので、小さい私に向かって、それを示してこまかに説明してくれるサービス精神もなかった。

そのとき、見せてもらっていたら、お姫様の優雅な絵のカルタは、トランプを買う私の意志を変えさせていたかもしれないのに。

私は、母方の祖父母の家にはよくいったが父方にはあまりいかず、祖父とはその後会うこともなかった。

小学校三年生のとき、祖父は中風で倒れた。いまとはちがい、当時はリハビリテーションの知識もなく、病気の祖父は座敷にずっと寝かされたままであった。

夏休みに、私はお見舞いにいった。

祖父はもうほとんど口もきけず、私を「たえ」と呼ぶのも、なぜか「たまえ――」としか呼べなくなっていた。

真夏の日ざかりの午後、祖父の枕許《まくらもと》にひとり坐っていた私は、傍らの雑誌の中から、祖父のさし示す『朝顔日記』という浄瑠璃の悲恋物語を読んであげた。

小さいときから本を読むことがなによりも好きであった私は、同年齢の子供よりもずっと上手に音読することができたと思う。

私は深雪という盲目のヒロインになりきって、だいぶ自己陶酔ぎみに読んであげた。

祖父は「おう……おう……」と、うなり声のような声をあげてきいてくれた。

そして、私は忘れない。読み終えて祖父を見たとき、その目じりのしわの上に、涙がひとすじ光って流れていたことを。

『朝顔日記』のストーリーだけではなく、祖父は子供の私が上手に、そんな物語を読みこなしたことが、なによりもうれしかったのではないか。私をみつめる目に、私は子供ごころにも、それを感じた。

祖父は日ならずして亡くなった。私がしてあげられた親切は、『朝顔日記』を読んであげたことだけだった。

もちろん、そのころ、私は〝ひゃくにんいっしゅ〟は〝百人一首〟であり、クラシックな昔の歌ということは知っていたが、実際に百人一首かるたで遊びはじめたのは、女学校に入ってからだった。

祖父が〝中関《なかのせき》の生き字引〟と呼ばれていたことも、そのころ知った。記憶力抜群で、近郷の戸籍系図をみんな暗《そら》んじ、古歌なども一度きいたら、すぐに覚えて忘れなかったという。

さらに成長して、私は父にきかされた。父の家は、平安時代に周防《すおう》の国府（防府）に下ってきた都びとの流れを汲《く》む豪族で、系図にもそのことが明記されているという。

その後、国文学を専攻した私は、百人一首とは、古典としてのおつきあいをはじめた。そのころ、私は祖父のことばをふっと思い出すことが多かった。ひゃくにんいっしゅにすればいいのに――祖父のいうことをきいて、百人一首を買っていれば、祖父の血をひいて、そんな韻文を覚えることが大好きだった私は、すぐに覚えたことだろう。

そして、あのうだるような夏の午後、蟬《せみ》の声を背景に、百人一首を誦《ず》してみせれば、中風の祖父も声にならない声であわせてくれたかもしれない。そしたら、もっともっと、彼を喜ばせてあげることができたであろうに。

あとで、大事なことにはっと気がつき、後悔することが多いのが人生なら、長い間かかってもうまく符節のあうのも、人生の楽しさのような気がする。ひゃくにんいっしゅにすればいいのに、という祖父のことばの種子《たね》は、私の中にずっととどまり、彼の歿後久しくたって〝古典案内〟というような私の仕事の中に、小さく芽ぶいた。

恋ごころの原型

百人一首のかるたをとりはじめたころと、恋を思う年齢は、ぴったりと重なっていた。

百人一首、百首のうち四十三首が恋の歌。そのほかの歌にも、ほのかに恋ごころはまつわりつく。

少女時代に足を踏み入れたばかりの私は、百人一首をとるということは、目も彩《あや》な恋のうちから、自分の好きな恋——それもまだイメージだけの、恋のかたちを拾いとることであった。

恋のさまざま。それも恋を得た喜びなどはひとつもなく、みんな、恋の悩み、苦しみ、捨てられた恨《うら》み、別れのつらさを歎く歌である。若い私には、まだうかがい知れぬ、あやしげな闇をのぞく気もした。

私は、恋という字がはっきり出ている歌が好きだった。なかでも、燃えるようなこの恋の歌。

みかきもり衛士《えじ》のたく火の夜はもえ昼は消えつつものをこそ思へ

宮中の御垣《みかき》を守る衛士の焚《た》く火のように、私のあなたを思う思いは、夜はあかあかと燃え、昼は身も心も消えるばかりに、あなたを恋いこがれています、という意味のこの歌はだいたいすんなりとわかった。

私の心には、漆黒《しっこく》の闇の中、夜空をこがすばかりに燃えさかる火が見え、それが恋の激しさと重なった。

十三、十四歳の少女に、そんな狂おしい恋ができるはずはなかった。恋はただ、まぼろしの世界にだけ思い描かれるものであった。

でも、まぼろしの恋は、せつなければせつないほど、激しければ激しいほど、あこがれをかきたてるのであった。

少女の私は、読み手がこの歌を読みはじめるや否や、胸がドキドキと高まり、この札、絶対人に渡すものかと、からだも熱くなった。

そして、こんな歌を大好きと思うその心は、人に秘した。

もうひとつ、大好きな歌があった。

　みかの原わきて流るるいづみ川いつみきとてか恋しかるらむ

みかの原から湧《わ》き出て流れるいづみ川のように、あの人をいつ見て、私は恋の物思いに沈んでいるのだろうか。歌の意味も身につまされた。これは、青春の日にはじめて訪れたはつ恋のイメージである。

みの音の柔らかくくねった音の繰り返しと、かの音の固く清冽《せいれつ》な音の繰り返し。だが、そのころは、そんな音の秘密はわかるはずもなく、この歌をきくと、心の中につめたいせせらぎが流れ、その波が心のひだに触れていく感覚があった。

若い友達のHさんに電話をかけてきいてみた。百人一首の中で、どの歌が好き？

彼女はすぐに答えた。

あひ見ての後の心にくらぶれば昔はものを思はざりけり

「この歌ですわ」じつにはっきりしている。どうして？　とたずねてみた。

「どうしてかしら？　まず、わかりやすい歌だからでしょう。高校時代、ほのかな恋をしたとき、この歌の気持が、まるで自分そのもののように思えましたもの」

恋ともいえぬ、恋を恋する時代だったそうだ。だが、大学生のお子さんを持ついまも、彼女は恋のロマンを解するやわらかい心の皮膚を持っている。

うちに原稿を取りにきた、雑誌社のアルバイトの若い女の子にもきいてみた。百人一首の歌の中で、いちばん好きな歌は？

「花のいろはうつりにけりな、って歌があるでしょう。つづきは忘れましたけど、あれが好きです」

いま、女子美術大学に在学中だという、ジーンズ姿の彼女はいった。私は、その若さと、歌の意味のアンバランスがふにおちなかった。

「いたづらにわが身世にふるながめせしまに。

小野小町の歌でしょう。でも、その歌、自分はもの思いにふけっていた間に、いつか老けて、昔の美貌もどこへやら、っていう意味よ。どうして、そんなうらぶれた歌が好き？」

「だって、歌なんて、どうせ、自分とはちがうドラマの中の世界でしょう。どうせ、ドラマの世界なら、いっそ、自分とはかけ離れたヒロインになってみるのが好きなんです」

デザインを勉強しているという彼女の答えもわかるような気がする。デザインは空想の翼をひろげて、見知らぬドラマの世界に遊ぶところがあるのだから。

そして、彼女はまだ現実の恋にめぐりあっていないらしい。そうも思った。百人一首のことを書くことになって以来、どの歌が好き？　ときくのがくせになった。どの答えにも、その人の恋ごころの原型があり、もっと広げて考えれば、その人の生きかたの原型にもなっている気がした。

さて、あなたのいちばん好きな歌は？

まちがって覚えても

わが家で開いている万葉集の勉強会で、ときどき、私はほかの古典の話をすることがある。この間も、古歌を自分流に早合点して覚えがちということから、話は自然に百人一首に移っていった。

「わが庵《いお》は都のたつみしかぞ住む、世をうぢ山と人は言ふなり。このしかぞ住む、というところを、動物の鹿が住む、と思いこんでいらっしゃるかたはないかしら？」

と、私がいうと、みんなは顔を見あわせて、あら、鹿ではなかったの、というような不安な表情になった。

そして、私が、

「しかぞ住む、は、そんなふうに住んでいるという意味なんです。わたしの小屋は都の東南の宇治山にあり、私は世の中を憂《う》くつらく思って住んでいます。

だからこそ、山の名も憂じ山―宇治山というんですよ、というんで、鹿なんかどこにもいませんのよ」

と説明しても、まだ鹿にみれんのありそうな顔つきの人もいた。

会員のひとりKさんは、

「こひぞ積りてふちとなりぬる、のこひは、私、小さいとき、鯉がうじゃうじゃといっぱい集まっているのか、と思いこんでいました」

と、みんなを笑わせた。

筑波嶺《つくばね》のみねより落つるみなの川恋ぞ積もりて淵となりぬる

この陽成天皇の御歌は、のちに妃となられたかたへ贈られた、狂おしいほどの恋の歌だから、恋ぞ積もりて、の、せつなさでなくてはならないわけだけれども。

ちはやぶる神代もきかず龍田川からくれなゐに水くくるとは

在原業平のこの歌は、その日、おもしろおかしい話題を集めた。

私は、まず、この歌の結びの句が「水くくるとは」であって、「水くぐるとは」でないことを説明したのだった。

「くくるというのは、くくり染めのことなんです。きれをくくって染めて、そのくくりをほどくと、きれいな絞り染めになるでしょう。龍田川に散り落ちて流れる紅葉をくり染めと見て、神々の時代にもきいたことがない、龍田川が、からくれないの絞り染めをしているとは、とおどろいているんですよ」

でも、そう説明しても、まだ、子供のころから「水くぐるとは」としみこんだ歌は、なかなか絞り染めのイメージを受け入れそうにもなく、「そうですかねえ。私は水くぐるって自殺することかと思っていましたが」などといい出す人も出て、はては、落語通のTさんが、落語〝千早振る〟の話をはじめ、みんな大笑いとなった。

千早という遊女がいて、龍田川という力士に求婚されたが、つれなく振った。千早の妹の神代も、彼のいうことをきかない。

落ちぶれた千早が、豆腐屋になった龍田川の店にやってきておからをくれと頼んだが、彼はおからをくれなかった。そこで、千早は水くぐる――つまり投身自殺をするというのである。

江戸時代中ごろの滑稽本にもとづく有名な落語だが、こんな落語ができるというのも、百人一首がよくよく大衆に愛されていたのだろう。

私が、そんな感想でまとめると、いままで黙って聞いていたMさんが、思い出したようにいった。

「私、子供のころから、ふつうの糸でも毛糸でも、もつれて解《と》けなくなると、この、ちはやぶる、の歌を、何度も何度も口ずさみながら解くとかならず解ける、と、母に習いましたけど」

私の目には、おだやかにやさしいMさんが、もつれた糸を丹念に解きほぐしながら、この歌をつぶやいている情景が浮かんできた。

春日遅遅《しゅんじつちち》というようななつかしさである。

「それは、この歌が、絞り染めの歌だからそんなおまじないに使われるようになったんですわ。絞り染めは糸でくくって、それをほどくでしょう。だから、糸のもつれが解けるように、っていう祈りをこめて、この歌を口ずさむのでしょう」

われながら、明快な答えと、そのときは自己満足した。だけど、あとで、ふっと気がついた。この歌も、落語とおなじように大衆の機智をくぐって、そんなおまじないをはたすようになったにちがいない。

水くぐるとは。やっぱりそう口ずさまれていたのだろう。そして、流れる水の下をするりとくぐるように、糸が糸の間をくぐりぬけますように。そんな願いをこめて、その歌は口の中で繰り返されたのだと思う。

むしろ、意味などはどうでもよかったのではないか。ただ、ちはやぶる、かみよもきかず、たつたがわ、と、五七調のなめらかなリズムを、何度も何度も繰り返すことによって、いらだった心もいつかなごんで、糸のむすぼれも心のむすぼれも解けていく。Mさんのおかあさまは美しいことを教えられた。

鹿。鯉。水くぐる。意味はときにまちがって伝えられることもある。

それはそれでおもしろい。

でも、日本語のもつ流麗なリズムの糸だけは、耳から耳へ、心から心へ、切れることなくつづいていく。

このゆかしい遊びを忘れたくない。

この札だけは

小さいときの百人一首の思い出をきかせて、と、学校時代の友達に電話でたずねたら、こんなことを話してくれた。

「小学生のとき、母がよく読み手になって、子供たちに百人一首をとらせてくれたの。おかしかったのは妹よ。

大江山って札《ふだ》があるでしょう。あれが大好きで、彼女の専属の歌だったのよ。ほかの人がとるとワアワア大泣きするもんだから、おしまいには、大江山は妹の札ときまってしまって、ほかの人はノータッチになったの」

妹さんは、友達より二歳年下である。

「なぜ、大江山だったのかしら?」

「さあ、どうしてかしら。たぶん、覚えやすいからじゃない?」

電話を切ってから、私はその歌を口ずさんでみた。

　大江山いくのの道の遠ければまだふみもみず天の橋立

小式部内侍の歌である。まだうら若い小式部が選ばれて歌合わせの一員にされたとき、ある男が彼女の部屋の前までできて、からかった。

「もう丹後のおかあさまからの手紙は届きましたか？　さぞ、待ちこがれているでしょうね」

そのころ、小式部の母、和泉式部は再婚して丹後にいっていた。歌人として有名な和泉に、小式部は代作の歌を頼んでやったにちがいない、という、きついからかいである。

小式部はきっとなった。そして、即座にこの一首をよんだのだ。

大江山だの生野の道だのを越えていく丹後の国は遠いので、まだ天の橋立を踏んでもみませんし、母の文も、もちろん見ませんわ。

生野と行く、踏みもみずと文も見ず、のかけことば。これは小《こ》にくらしいほどの技巧の歌だが、小さい子供にはそんな小細工の歌とわかろうはずはない。

ただ、大江山いくのの道と歌いはじめる声調の単純明快。まだ踏みもみず天の橋立、のおおらかなすわりのよさ。

パッと太い字で書かれた歌のように、この歌だけきわだつのだろう。

大江山の歌を自分の専属にしたのは、友達の妹さんだけではなかった。セーターを買いにいった店で女店員さんにきいても、近所の美容師さんにきいても、この歌が、じぶんの札だったと答えた。

セットをしてもらいながら、美容師のY子さんと話した。

「大きくなっても、この札だけは自分の札、ってワアワア大泣きしても守る札っていうのはなにかしら？　このことだけはつらぬくという生きかたの人があるけれど、この札だけは、のタイプね」

「いろんなものに手を出して、なんにも成功しない、という人もありますね」

その話のつづきは、わが家に帰って考えた。結婚の札、仕事の札、そのどちらの札をとろうかと迷いぬいて、この札だけは捨てられない、と仕事の札を選ぶ人もあるのではなかろうか。

また、結婚の場合も、その相手の条件がどんなに悪かろうと、周囲がどんなに反対しても、自分がその相手を、これこそじぶんの札ときめたら、どんな障害があろうとも、自分がとらねば気がすまないだろう。

だが、恋愛も結婚も人生も、大江山いくのの道の札のように、単純明快で覚えやすいとはかぎらない。

掌中《しょうちゅう》の珠《たま》のように育てた娘が、意に染まぬ男のもとに走っていった、と歎き悲しむ友達の、つらい話をきいたことがある。

聡明《そうめい》な彼女は話しながら、自分で結論を出していた。

「親をとるか、恋人をとるか、と悩みぬいて恋人をとったのね。祝福してやらなくては」

子供が自分の札、と、大泣きでわがものにしたその札を、母もまた、一緒に愛せたら、いちばん幸福なことにちがいない。

箱の中に入れるのは、いとしいものばかり

子供の頃から箱が大好きだった。お菓子の贈りものが、きれいな箱に入ってきたりすると、「人形の箱にちょうだいね」と、母にすかさず予約しておくのだった。

人形というのは、島田や桃割れを結った首人形で、母からもらう裁ち切れを着物や帯にして、着つけをするのだった。母が小さな布団や枕なども作ってくれ、人形は箱を家として、中で眠るのだった。その箱をかかえて、友達の家にいくときの心弾みは、いまでも覚えている。

箱好きの名残はいまも私の中にとどまっていて、中味よりも箱を目当てに、買い物をすることもある。デメルのチョコレートなど、中味のおいしさだけ

でなく、猫の絵の箱欲しさにだって買ってしまう。エトロのペイズリー模様の箱も大好き。薄いスカーフを買ったときも、わざわざ頼んで、袋ではなくて、箱に入れてもらう。そんな箱に、私は大切な手紙や写真を入れる。

奈良女高師（現奈良女子大学）の同級生で親友だった、いまは亡きＩさんは、銀座あたりで落ちあって、映画や食事を楽しむとき、いつもおみやげに、千代紙を貼ったマッチ箱をくださったものだった。会った日の数ほどの、色も柄もとりどりのマッチ箱を、鴨居にズラリと並べて飾っておいたのに、家を改造するとき、どこかに紛れさせてしまったのは、かえすがえす惜しまれる。あの中には、友情がいっぱい入っていたのに。万葉の恋の歌も、

櫛笥《くしげ》のうちの玉をこそ思へ

と、恋人を〃櫛箱の中の玉のように大切な人〃と歌う。

箱の中に入れるのは、いとしいものばかりなのだ。

絵になる万葉の歌六首

朝日カルチャーセンター新宿教室で『清川妙と読む万葉集』の教室を持っている。その生徒の一人、寺田真理子さんが、最近スペイン語の童話絵本の翻訳本を出された。『なにか、わたしにできることは』という、アルゼンチンのホセ・カンパナーリという作家の作品である。

アパートに一人暮らしをしているおじさんが、なにか虚《むな》しい日々の中に、ふっと、つぶやきのように口にした「なにか、わたしにできることは」という言葉を、実際に、小さな思いやりの行動に移していく、ほのぼのと心あたたまる絵本である。

真理子さんから、その本が贈られてきたのは、『万葉集』教室の前日だった。その夜、読んで、まだ絵本の余韻を心にとどめていた私は、わが住む町、千葉県市川市から新宿に向かう小一時間の電車の中の時間に、楽しいことを考えた。

真理子さん訳の新しい絵本は、東北大震災後の私たちの心に、まことにふさわしい。教室の五十人ほどの生徒の皆さんに、この絵本を紹介したい。そして、その後、私も真理子さんの向こうを張って、その日のオープニング・スピーチに、これぞ絵になると思う万葉集のいくつかを伝授しよう、と。

電車に揺られながらのその時間は、けっこう使いでがあり、短いお話やエッセイなら、充分に、頭の中で構成ができあがるのだ。揺られる時間の中でストーリーを仕立てていくこの執筆前の作業を経て、これまでにもいくつかの短い文章を書いた思い出もある。

＊

その日、教室で話した〝絵になる万葉の歌〟とは、次のような歌である。

わが袖に霰《あられ》た走る巻き隠し消《け》たずてあらむ妹《いも》が見むため

私の袖に霰がパラパラパラッと音をたてて飛びはねるように降ってくる。袖で巻いて隠し、消さないでおこう。かわいい霰の粒のままで、あの子に見せよう。

これは、『柿本人麻呂歌集』の中の歌である。人麻呂歌集というのは、人麻呂編集の歌集で、人麻呂自身の歌も入っているが、それ以外の、彼のメガネに適った歌や、民謡と思われる歌も入っている。つまり、名歌人人麻呂の息のかかった歌というわけで、それぞれに詩味がふかく、魅力的な歌がそろっている。

これは本来、恋の歌なのだが、なんだか童心躍如という気分があり、どんな小さなものも珍らしがり、愛情を寄せるところがいとしい。

妹というのは、愛をこめて女性に呼びかける言葉だから、この歌の作者は男性なのだが、このカップルはまだうら若い少年少女のイメージがあり、青春の匂いのする歌である。ちなみに、霰を詠んだ歌は、万葉四千五百余首のうち、たった一首である。

まさしく絵になる歌である。

次は春。梅の歌。

梅の花夢に語らくみやびたる花とわれ思ふ酒に浮かべこそ

遠い天平の昔、大宰帥《だざいのそち》大伴旅人《たびと》の邸でひらかれた梅花の宴では、列席者全員が三十二首の歌を詠んだ。宴が果てた後に追和した歌四首が添えられているが、欠席した人に見せかけていて、じつはこれ、主宰者大伴旅人の歌。その四首の最終歌である。

梅の花が夢に現われて、こう言った。「私はエレガントな花だという誇りを持っています。どうか、私をあなたの酒の上に浮かべてください」

旅人は梅の花を妖精に化身させて、夢幻的な世界に遊んでいる。シルクロードを越えてきたヨーロッパの匂いもする歌だ。

ロマンティックな絵になりそうだ。

次も春の歌。作者は山部赤人。

百済野《くだらの》の萩の古枝《ふるえ》に春待つと居りしうぐひす鳴きにけむかも

冬の頃、百済野（いまの奈良県北葛城郡広陵町百済のあたりの野原かといわれる）の萩の枯枝の間で、じっと春を待っていたうぐいす。

春が来て、うぐいすが鳴きはじめたが、あのうぐいすも、もう鳴いただろうか。

萩の古枝に春待つうぐいす、とは、赤人はなんとこまやかな目で、愛憐《あいれん》の気持をこめて、自然をみつめていることか。彼の心も、視線も、ずーっと小さなものの中にくぐり入っていく感じ。

枯れ枝のうぐいす。そして、花ざかりの中、春の喜びをこめて鳴くうぐいす。これは、二枚つづきの絵になる。

次は作者未詳の桜の歌。

桜花《さくらばな》時は過ぎねど見る人の恋ふる盛りと今し散るらむ

桜の花の花期はまだ過ぎたわけではないが、今、私が散ったら、皆がさびしがるだろうと思い、皆の恋の絶頂に散るのよ。

すこし、くせのある、ひねった歌。擬人法で、桜の花の内面心理を語らせている。絵にするのはむつかしそうだが、うまくいけば異色のおもしろさが出る。

さて、秋が来て。これもまた大伴旅人の歌。

わが岡にさを鹿来鳴《きな》く初萩の花妻問ひに来鳴くさを鹿

わが邸の庭園の岡に、雄鹿が来て鳴いている。今年咲いたばかりの萩の初花にプロポーズするために、やって来ているのだな。あの雄鹿は。萩は雄鹿の妻なのである。万葉の世界では、人間も動物も植物もみんな友達。共に愛しあい、語りあい、この世に生きる幸福を分かちあっている。優婉な日本画になること、うけあいの歌である。

最後は、もう一度、柿本人麻呂歌集から。

天《あめ》の海《うみ》に雲の波立ち月の船星の林に漕ぎ隠る見ゆ

天を海に、雲を波に、月を船に、星を林に見立てた壮大な歌。ひろびろとした天空の海に、白雲の波が立ち、月の船が、いましも、きらめく星の林の中に、静かに漕ぎ隠れていく。きらめく星の林とは銀河のことである。

スケールの大きさ。あふれる詩情。これは人麻呂自身の歌と思われる。絵もまた、想像の中に遊ぶ楽しい絵になるだろう。

萩の古枝のうぐいすの歌のところで言ったが、赤人の歌は、内へ内へと入っていき、ひっそりとつぶやく感じだが、人麻呂はつぶやかない。大声で、みんなよく聞け、という。聞かない人がいれば、その肩をたたいて「聞いているか」とさえ、言う。

電車の中で考えた〝絵になる万葉の歌〟を教室で皆に披露して、「いちばん絵になる歌はどれですか」と訊いて、拍手してもらった。いちばん拍手の多かったのは、最後の〝月の船星の林に〟の歌だった。

私自身の心に問うても、この歌、絵になるだけでなく、万葉集中、好きな歌の五指に入る歌である。

調べ虫

私は辞書と仲良しである。

少女の頃からそうであった。女学校時代には、国語の時間、いつも机の上に辞書を置いていて、授業中でも分からないことがあると、すぐひいていた。いまでも、外出の途中に、なにかことばの疑問が浮かぶと、帰るやいなや、すぐ辞書をひくし、二時間の講義の休憩の間にも、講師控室に行って、ひいてくることもある。

辞書はひとつの例である。とにかく調べることが大好きなのである。古典を講義しているときも、ふと類想されたほかの古典の部分、詩歌、内外の小説、映画なども、帰宅して調べられるかぎりは調べてみる。ひとつのことばでも、この語源は何だろうと好奇心にかられると、まるで〝調べ虫〟にとり憑《つ》かれたように、どこまでも追っていく。調べ辿っていく愉しさ。また、そのはてに知り得たときの喜び。これはひとつの醍醐味ともいえよう。

私のこの〝調べ虫〟は、教室の人たちにも、だいぶとり憑きはじめていて、私が、ふと思いつきで、小さなことを調べたい、などと言い出そうものなら、すぐに活動開始、予期せぬあざやかな成果をあげてくださるかたもある。

これはもう数年前のことである。あるとき、『枕草子』の中に〝交野《かたの》の少将もどきたる〟という個所が出た。もどくというのは、この場合、非難する、批評する、というような意味だが、このことばには、他のものに似せる、という意味もある、と、私は説明した。

そのとき、私は、ふっと言った。

「がんもどきは、なにに似せているのでしょうね」

これは宿題ということになったのだが、

「関西では、がんもどきのことを、ひりゅうず、とか、ひりょうずとか言いますが、あれはなんという意味なのでしょう」

とも質問する人も出てきて、私も、

「飛ぶ龍の頭と書きますよね。ひりゅうず、ひりょうず、も宿題にしましょう」

と言った。

これらは辞書をひいて、すぐ分かった。私だけでなく、教室の人も数人調べてきて、解答は、明快にまとめられた。

がんもどきとは、『大言海』によれば〝雁の肉にモドキ（擬）たるものの意〟で、つまり、その味を雁の肉の味に似せてあるという意味である。

そのがんもどきを関西では、ひりょうず、ひりゅうず、ひろうす、などというのだが、これはポルトガル語のfilhos（フィロス）からきたことばである。フィロスというのは、ウルチとモチ米の粉を等分にまぜ、水で練って油で揚げたものだという（『日本国語大辞典』）。とするとその形はがんもどきに似ていることになる。

がんもどきを見たポルトガル人がその形からフィロスと言ったのが、ひりょうす、ひりゅうす、ひろうすなどと転じていったのであろう。飛龍頭は、あて字である。

＊

『枕草子』の〝交野の少将もどきたる〟から、ここまで枝葉《えだは》が広がっただけでも興味津々である。さらに、一人のかたが、旅の本に書かれた、ポルトガルの首都リスボン風景の中に、〝街角の屋台では穴のないドーナッツのようなフィロスを売っている〟というような記述をみつけてきてくださった。ひとつのことばから好奇心の翼は、はてしなく広がっていく。

ふっと泡粒のように心に浮かんできた疑問をすくいとって、調べ虫の気のすむように、調べつづけていくことは、私と、私の周囲の人たちが共通に持っている愉しみである。

先日も、ドラマティックな知る愉しみに遭遇した。

朝日カルチャーセンターの〝清川妙と読む万葉集〟の講義の前、講師控室で、私は昼食をとっていた。私は、机の上に、その日のテキストの『清川妙の萬葉集』（集英社）を広げていた。その日の講義は、孝謙天皇の時代、石上宅嗣《いそのかみやかつぐ》の家でひらかれた宴席での梅の花の歌からである。

石上宅嗣という人は、たくさんの図書を蔵していた人で、その書庫、芸亭《うんてい》は、わが国の図書館のはじめと言われている。

芸亭。この読みかたも、図書館のはじめということも、はるかな昔の娘時代、日本文学史を教わったときから知っていた。しかし、その芸《うん》という字が何を意味するか、追求したことはなかった。芸亭は、ひとつづきの建物の名前として覚えていただけなのである。

私はすぐに漢和辞典をひいてみた。

芸。この字にはもともとある字の芸《うん》と、藝の略字としての芸《げい》との、二種があると書かれ、さて、その芸《うん》は、芸香《うんこう》とも言い、一種の香草で、葉に強烈な香りがあって、書物に入れて虫除《よ》けにするのだそうだ。

講義のはじまる時間になった。私は辞書をかかえたまま、教室に行った。きょうのオープニングスピーチは、そのまま芸《うん》の話になった。

「いままで、この意味を知らなかったなんて、国文学を専攻したものとしてはずかしいけれど、きょう、ふっと疑問を持たなければ、おそらく知らないままで死んでいくでしょう」

と、芸《うん》について知り得たことを告げた。

「書斎のことを芸窓《うんそう》、書庫を芸台《うんだい》などとも言うそうです。芸《うん》って今で言えば、ハーブですよね」

そう私が言うと、いちばんうしろの席から小声でこうたずねた人があった。

「いったい、どんなハーブなんでしょうか」

いまもあるのでしょうか、などと、私は言ったが、分からぬまま、その日の講義に入っていった。

＊

翌々日である。Oさんから、封書が届いたのは。

〝先生、帰宅してすぐに『原色牧野和漢薬草大図鑑』を調べました。芸香《うんこう》もあったのです。葉の部分をすこしと、コピーをお目にかけます。それにしても、うしろの席から、どんなハーブでしょう、と聞かれたかたがあったからこそ、私も調べることができました。先生、調べるということは、ほんとうに愉しいことですね。夫は――知的快楽――などといっておりますが〟

――いまの名前はヘンルウダです。うれしいことに、なんと、わが家の庭に

カラーコピーされた植物図鑑のページと共に、ヘンルウダの葉つきの一茎が淡紙に包まれて同封されていた。

ヘンルウダ。ヘンルウダ属。みかん科。芸香。私はその一茎を、鼻にあててみた。みかん科のその葉は、やはり、かすかに、みかんの香がして、しかも、キッと鼻をはじくきつさと、ちょっとひねた香もまじり、これが虫除け

になるのだと納得させられた。

Ｏさんは次回の万葉の教室にも、皆のためのコピーと、葉つきの茎を用意され、皆を喜ばせてくださった。

「夏には黄色い花が咲きます」

と言うＯさんに、私は、花が咲いたら、ぜひ見せて、と頼んだ。Ｏさんは『原色牧野和漢薬草大図鑑』（北隆館）のほかに、『ハーブ図鑑』（日本ヴォーグ社）も見せてくださった。この図鑑の、ヘンルウダの花の説明には〝スリッパの形でフリルがついている。夏の終りに黄緑色の花が咲く〟と書かれていた。

私はＯさんの庭にそんなおしゃれな花が咲く頃、ぜひ訪れたいと思った。

＊

最後に、もうひとつ、〝調べ虫〟の選手の話をしよう。

やはり、万葉の教室にからまる話である。

ある日、私は部屋の整理中、友達のひとりのかたから来た手紙をみつけ出し、手をとめて、それを読みはじめた。なんといい手紙を書く人だろう。こんな手紙はけっして捨てたりなんかできない。私は愉しい物語でも読む気持で、その手紙を読み返していた。

と、玄関のチャイムが鳴った。宅配便である。その送り主は、なんと、そのときまで、私が感動して読んでいた手紙の書き手からであった。手作りの山椒味噌を送ってくださったのである。

シンクロニシティー。このことばが心に来た。同時性とか共時性とか訳される心理学用語である。その人のことを濃く思っていたら、時をおなじゅうして、その人からの電話なり手紙なり贈り物などが来たというような例を言うのである。

古風に言えば、〝心の奇しきめぐりあい〟とでも言えそうなこの出来事を、私は万葉の教室の日にも話した。そして、こう言い添えた。

「万葉集の中にも、そんな心のめぐりあいのような歌はないかしら。恋人のことを思いつづけているとき、ちょうど、当の相手があらわれたというような……」

私はしばらくの間、頭の中で、そんな歌を探しあてようと、記憶をまさぐっていた。しかし、ズバリそんな歌というのは、思い浮かんでは来なかった。ところが、その歌を、生徒のひとり、Sさんが探し出してくださったのだ。四五一六首もある万葉の全歌の中から、これぞシンクロニシティーと思えるひとつの歌を。Sさんは、その歌を、ファックスで、わが家に送ってくださったのである。

夢《いめ》に見て衣《ころも》を取り着装《きよそ》ふ間《ま》に妹《いも》が使《つかひ》ぞ先立ちにける

夢にあなたがあらわれたので、矢もたてもなく逢いたくなり、着物を着て、でかける準備をしているところに、あなたからの文使いが先に来てしまいました。

恋する若き男の歌。万葉集には、こんなほほ笑ましい歌もまじっているのである。

それにしても、帰宅してすぐに、万葉全歌をこつこつとあたっていったSさん。みごとなまでの調べ虫の活躍ぶりである。

直心《じきしん》のりんご

ずいぶん年を重ねて生きてきていて、しかも言葉にかかわる仕事をしているのに、まだ知らぬ言葉は山ほどある。今日は〝直心《じきしん》〟という言葉にはじめて出会い、知った喜びをかみしめている。出会わせてくださったのは、秋田県大仙市の曹洞宗のお寺、福城寺のご住職佐々木道耕さんである。お寺便り『りんね』の編集後記の中に、この言葉はあった。

さきおととしの夏、私はこのお寺に招かれて、お集まりの人たちの前でお話をした。そのときの心厚いおもてなしもうれしく、その後もご縁は続いている。

さて、後記にあったのは、こんな話である。見知らぬ土地に行き、目的地に着くために、佐々木さんが持っていたのは、駅近くのS銀行支店を目あてにそこから徒歩三分という略図。だが、歩いても歩いても目的地は分らず、雨さえ降りはじめた。佐々木さんは後戻りして、近くの倉庫でダンボール箱の整理をしていた青年に尋ねた。

「その通りでいいはずですが」と彼が答えたので、佐々木さんは不安になりながら、元の道をまた歩きはじめた。百メートルも行った頃、後方から大きな声。「お客さあーん」と息を切らしながら追っかけてきて、彼は言った。「すみません。反対側でした。かん違いしていました」。ひき返して見ると、駅の反対側にもS銀行支店はあった。

この青年の行動を、佐々木さんはこんな言葉でしめていらっしゃる。

〝直心実行のみごとさを感じた〟

直心。はじめて聞く言葉だ。思ったことをすぐに行動に移すという意味だと、私は思った。いつも自分もそうしようと努《つと》めているとも思った。でも、待てよ。ひとりよがりではいけない。まず辞書をひいてみよう。広辞苑をひいてみた。

（仏）純一無雑な正真の心。

と出ている。（仏）は仏語である。日本国語大辞典もひいてみた。

仏語。正しくまっすぐな心。ひたむきに仏道をめざす心。そう出ていた。

この青年の場合。まっすぐな親切な心から出たとっさの行動を、佐々木さんは、仏教のこの言葉で感心なさったのだ。

お寺便りには一筆箋のお便りも添えられていて、その終わりに〝先生にはりんごを召しあがっていただき、風邪など寄せつけられないよう、念じております〟とあった。りんごは風邪予防にいいのかな、など一般論みたいに思っていたら、二時間ほどして、今度は宅配便でりんご一箱が届いた。

ああ、私が風邪などひかないようにと――これこそ、〝直心のりんご〟だ。

こう考えてくると、直心とは、なんと深く心に沁み入る言葉なのだろう。

私は、すぐにお礼状を書くことを、わが心に言いつけているのだが、今日はことに、覚えたての言葉〝直心〟の、素直でまっすぐな謝意をわがペンにのせて、と意識して書いた。

「お心こもるお手紙と共に、「りんね」が届き、その後を追うようにりんごがたっぷり届きました。風邪など寄せつけぬように、りんごを食べるように、とのとてもあたたかいお言葉に従って、すぐに賞味いたしました。おいしくて品のいい、情のこもるりんごです。折から『いきいき』の締切り前、りんごを賞味しつつ精を出します。――直心というい言葉を知りました。仏教にはいい言葉がたくさんありますね。いろいろお聴きしたい気持です」

書きながら、なおも思った。どんなことをするときも〝直心実行〟という言葉を意識に据えてしようと。おだやかな素直な気持でできる気がする。

そうだ。文章を書くときも、この気持で書こう。名文を書くぞ、などと構えず、まっすぐに素直に、いちばん読者に伝えたいと思うこと、伝えて喜んでもらえることを、分りやすい言葉で書こう。いつもそう思っているのだが、今日はまた、あらためて、その思いで書いてみた。

読後感はいかがでしょうか。

花笑み

花笑みということばが好きである。このことばを聞くだけでも頬に微笑がのぼってくる気がする。

花笑みとは、もともと、つぼんでいた花がパアッとひらく様子を言うことば。だが、次の歌は、その花の様子を、人の微笑に重ね合わせている。

道の辺《べ》の草深百合《くさふかゆり》の花笑《ゑ》みに笑みしがからに妻と言ふべしや
（万葉集巻第七　一二五七）

「道のほとりの草の茂みに咲く百合の花のように、私があなたに、にこやかに笑いかけたといっても、すぐに妻だときめてかからないでください」

もし、この百合が山百合の花ならば、その花は横向きに、ちょうど人が立って相手に笑いかけるように、ひらくはずである。そのひらきかたも、花びらのはしをそらして、いかにもにっこりという感じである。

〝すぐに妻だときめてかからないで〟というところも、べつに真顔でなじっているのではない。ほんとうは相手の男が好きなのである。好きだけれど、じらして相手をもっと燃え上がらせたいのである。

〝妻といふべしや〟――妻と言ってもいいんでしょうかね。そんなの、いけませんよ、とちょっと理詰めでからかいながら、その実、彼女は相手に対して、きれいな微笑を浮かべているにちがいない。

このきれいな微笑――私はそれを花笑みと呼びたい。

感じのいいことばを口にするときに、この花笑みもぜひ添えたい。あなたの様子はいっそう感じのいいものになる。

化粧の仕上がりにさっと頬紅をはけば、顔がいきいきして匂やかになるように、いいことば、美しいことばには、この花笑みを添えることが大切なのである。

〝花笑み〟の話を、ホテルの若いウェイトレスのかたにしてみた。打てば響くようにこんなことばが返ってきた。

「あっ、そうなんですよ。こちらも、そんな花笑みを浮かべて、ものを言うようにつとめていますが、お客様から、そんなきれいな花笑みと一緒に、ありがとう、と言ってもらえたときは、ほんとうにうれしいものです」

〝花笑み〟ということばは、万葉集の中に、ほかにもある。都に上っていた久米広縄《くめのひろなわ》という役人を迎えるパーティーの席で、越中守の大伴家持が長歌で、お帰りなさいのあいさつをしている。ここでは、その長歌の終わりのほうだけをご紹介してみよう。

（前略）嘆きつつ　我《あ》が待つ君が　事終り
帰り罷《まか》りて　夏の野の　さ百合の花の

花笑《ゑ》みに　にふぶに笑みて　逢はしたる
今日を始めて　鏡なす　かくし常見む
面変《おもがは》りせず

「いつお帰りになるのかと、さびしがって私が待っていたあなたが、お役目を果たしてお帰りになった。まるで夏の野の百合の花が明るくひらくように、にっこり笑って私に逢ってくださった。今日から、いついつまでも、その微笑が消えないよう、おたがいに元気で逢い続けましょうね」

じつは、（前略）の部分には「あなたが任務を帯び、都を目指して長い困難な旅路に出発なさってからは、恋しさに心もふさぎ、そんな心を晴らそうと、酒盛りをしても心は晴れず……」というような、別れのさびしさが縷々《るる》と述べられているのである。

そして、〝嘆きつつ〟のところから、一転して歌はパッと明るくなり、再会の喜びを撒き散らす。その中心に〝さ百合の花の花笑みに〟ということばがあるのだ。

この歌は長い間の別離の後の再会だから、よけいに花笑みもあざやかなのだろう。だが、私たちは人に会うとき、話すとき、いつもこの花笑みを添えているようにしたいと思う。目と目が合ったとき、固いつぼみがほどけて、花ひらくあの瞬間の、こころよい笑みを、人に贈りたい。

うつせみの世やも二《ふた》ゆく

柿本人麻呂の挽歌に出てくる〝うつせみと思ひし時に〟ということばは、なんと思いの深いことばであろう。このことばの前に、一瞬ドキッとして佇《た》ちすくんでしまう気さえする。

〝うつせみと思ひし時に〟というのは、亡き人が現世の人間として生きていたとき、という意味である。そして、また、その人がいつまでも生きつづけるであろうと、おろかにも信じきっていたとき、という意味も重なっている。

このことばではじまる挽歌がある。それは、

「柿本朝臣人麻呂、妻死にし後に、泣血哀慟して作る歌二首、幷《あは》せて短歌」という詞書を持つ長歌のうちの二首目の作品である。

うつせみと　思ひし時に　取り持ちて　我がふたり見し
走り出の　堤に立てる　槻の木の　こちごちの枝《え》の
春の葉の　茂きがごとく　思へりし　妹にはあれど
頼めりし　子らにはあれど……

この歌は、人麻呂が同棲して子まで生《な》した妻の死を、泣血哀慟——つまり、血の涙を流して歎き悲しんで作った歌なのである。

その妻在りし日の浮き立つような生命《いのち》のかがやき。妻と二人、手を取りあって見た、堤に立つ槻《つき》の木。その木の枝には、春、さみどりの葉がびっしりと茂った。その葉のように、妻への思いも茂く濃く深かった。頼りにもしていた。だが、その妻は……。

歌はまずみずみずしい生の讃歌ではじまった。ここには、春日の中の水のかがよい、萌え出たばかりの葉の匂い、そして、握りあった二人の手の感触までもうたわれている。明るく、愉しく、匂いやかな〝生きる日〟の肯定。その日はいつまでもつづくかのように思われた。まさに〝うつせみと思ひし時に〟である。

だが、この後につづく〝世間《よのなか》を背きし得ねば〟ということばは、すべての明るさをうち砕く。〝世間《よのなか》〟というのは、生あるものはかならず滅びるこの世のことわりということである。

世間を背きし得ねば、ということばは強力なネジとなって、ここで舞台は暗転。葬送の場となる。

かぎろひの　燃ゆる荒野《あらの》に　白栲《しろたへ》の　天領巾《あまひれ》隠り

鳥じもの　朝立ちいまして　入日なす　隠りにしかば……

いまがいままで現《うつ》し身を思っていた妻は、白い領巾に覆われ、柩《ひつぎ》におさめられ、かげろうの揺れる春野を運ばれていく。生から死への暗転のすばやさは、立つ鳥のよう。そして、みるみるうちに隠れてしまう、あの夕日のよう……。

妻は逝き、みどり児だけが残った。男やものかなしさ、うろうろと子供を小脇に抱きかかえ、妻の香のいまも残る寝室で、うつけたように夜昼を過ごす。

我妹子が　形見に置ける　みどり子の　乞ひ泣くごとに
取り与ふる　物しなければ　男じもの　脇ばさみ持ち
我妹子と　ふたり我が寝し　枕付く　妻屋のうちに
昼はも　うらさび暮らし　夜はも　息づき明かし……

しかし、どう歎いてもどうしようもなく、恋いこがれても逢うすべはない。これも〝世間《よのなか》〟の道理である。目をすえて絶望の暗闇をみつめる男に人は言う。「羽がひの山にあの人はいますよ」と。

大鳥の　羽がひの山に　わが恋ふる　妹はいますと
人の言へば　岩根さくみて　なづみ来し
よけくもぞなき……

もしや亡き妻に会えるかと、はかない望みに胸をふるわせて、男は岩を押しわけて登る。だが、その甲斐もない。
そして、この泣血哀慟の挽歌は、ふたたび最初のあのことばに戻っていく。

うつせみと　思ひし妹が　玉かぎる
ほのかにだにも　見えなく思へば

現し世にこのままずっと長らえつづけると思っていた妻が、いまはもうほのかにさえも姿を見せないのである。

この〝うつせみと思ひし〟というリフレーンは、人麻呂の思いがまた妻ありし日の歓びの中に回帰することを示唆するような気がしてならない。

万葉の人麻呂の時代、人の心はまだ仏教の無常感に染まりきってはいない。〝世間《よのなか》を背きし得ねば〟のことわりを、彼は体験的に身に沁みて知った。現実をひたとみつめ、ひとつひとつの事象への思いを心に刻み、まこと人の世はこういうものと、一応納得して歌っているのである。

だが、そのことわりはことわりとして胸におさめているものの、彼の情感はけっして全面的には受け入れない。彼の心の中では妻はまだ生きている。だからこそ、〝うつせみと思ひし時に〟のリフレーンはエンドレスな気分で、彼の心の中を環《めぐ》っていく。生死は、彼の情感の中では未分なのである。

＊

遣唐少録として渡唐し、彼の国の学問を充分に身につけてきた山上憶良は、この〝世間《よのなか》〟のことわりを、観念として、もっと知的に受け入れる。そして、うつせみの世に生きる苦しみにもまた目をそらすことなく、あるがままを肯定しようとする。

〝男子名は古日に恋ふる歌〟は、古日というかわいい男の子をかこむ団欒の様子を活写したあと、その子の行末を想う。

いつしかも　人と成り出でて　悪しけくも
善《よ》けくも見むと　大船の　思ひ頼むに……

そんな希望を荒々しくうち砕き、無常の大風が吹きつけてくる。天の神を仰いで祈り、地の神に伏して祈り、親は狂乱する。だが、古日の容貌《かたち》はしだいに衰え、ことばも絶えて、いのちの灯は消えてしまう。描写はものすごいまでにリアルなタッチだ。

やくやくに　容貌《かたち》つくほり　朝な朝な　言ふことやみ

たまきはる　命絶えぬれ……

歌は、ガクリと肩を落としてつぶやく男の、悲痛なことばで閉じられる。

立ち踊り　足すり叫び　伏し仰ぎ　胸うち歎き
手に持てる　我が子飛ばしつ　世間《よのなか》の道

どうあがいても、這いずりまわって歎きうめいても、〝世間の道〟はどう変えることもできない。〝世間の道〟は、こともなげに非情なその指先で、ポンとわが子をあの世へとはじき飛ばしてしまったではないか。
歌の最後にすえられた〝世間《よのなか》の道〟ということばは、磐石《ばんじゃく》の重み。もはや、生死は截然《せつぜん》と分かたれている。

＊

同時代に生きた大伴旅人も、もちろん当時の最高の知識人。この〝世間の道〟にしきられる現し世の無常はよくよく知っている。だが、知っていればこそ、なおさらに、このかぎられた世をたっぷりと味わいたいという方向へ、自分で舵を取り直している。

あの有名な〝酒を讃むる歌〟十三首の中にはこんな歌がまじっている。

この世に楽しくしあらば来む世には虫にも鳥にも我れはなりなむ

この世で楽しく遊んで暮らせるなら、来世は虫にでも鳥にでもなろう。なってもかまいはしない。

生ける者遂にも死ぬるものにあればこの世にある間は楽しくをあらな

生ある者はかならず死ぬ。だからこそ、たとえつかのまであろうとも、せめてうつせみを享受したい。

ここでは生者必滅は逆手にとられている。生者必滅といえば、ふつう死の側にライトをあてて、生は所詮むなしいと思う。だが、この歌では、生の側にライトがあてられている。

その旅人の、死の前の歌がいとしい。

さすすみの栗栖《くるす》の小野の萩の花散らむ時にし行きて手向けむ

〝さすすみの〟は栗栖にかかる枕詞。栗栖の小野とはどこにあるか分からないが、旅人のふるさと明日香にある小地名であろうといわれている。

病む旅人は想う。秋風立ち、萩の花咲き、その花が咲き充ち、そして散りゆく頃、私の病気は癒えるだろうか。もし癒えたなら、私はもう一度明日香のふるさとに帰りたい。そこで神に手向《たむ》けの祭をしよう。

はかない願望だということを旅人はよく知っている。知っていて、しかも、彼の胸に思い出として展《ひら》ける風景は、栗栖の小野。散る萩。それは思い出の原点だ。胸に想う風景はすでに小さくせばまっていて、そこだけほのかに灯《ひ》がともる。

〝この世にある間は楽しくをあらな〟と願っていた彼の思いは、この末期《まつご》に近い胸にもまだ残されているのである。

もはや最愛の妻をあの世に送り、ふつうなら、生きて甲斐ないと歎くところであろう。だが、旅人はけっしてそうは歌わない。これは彼の資質でもあろうが、暗く歎くまいとする勁《つよ》い意志もたしかに彼は育ててきたのであろう。

〝行きて手向けむ〟——最後の最後まで、アクティブな心を残している旅人。〝行きて〟は〝生きて〟の感じさえする。人生の幅いっぱい、すこしも残すところなく、たっぷりと生きたいと彼は願うのである。

〝栗栖の小野の萩の花〟の歌を裏側から詠んだとも見える歌がある。「天平二年辛未秋七月、大納言大伴卿の薨《みまか》りし時の歌六首」として、資人《しじん》余明軍《よのみょうぐん》が歌った歌の中の一首である。

かくのみにありけるものを萩の花咲きてありやと問ひし君はも

結局はこうしてお亡くなりになるしかなかったのに、萩の花が咲いているかと、私におたずねになったあのかた……。

資人とは官位や職分に応じて朝廷から賜わる従者である。百済《くだら》から来たこの従者は旅人の側近にあって、かわいがられていたのであろう。〝咲きてありや〟というところは、旅人その人のことばである。だから、この歌は無常を歎く地のことばの中に、〝咲きてありや〟というところだけ、肉声が入っているのである。

この肉声は、かすかにこの世とあの世とをつなぐ。幽明の境に咲く花は散りがたの萩である。

うつせみの世は短い。〝かくのみにありける〟ものである。そして、人間はその世をたった一度しか持てない。

＊

旅人の子、大伴家持はこう歌った。

うつせみの世やも二ゆく何すとか妹に逢はずて我がひとり寝む

人生が二度とあろうか。たった一度だけなのだ。その一度しかない人生に恋しいあなたにも逢わないで、どうしてひとりぼっちで寝ることができようか。

これはまぎれもなく恋の歌である。家持はこれを、初恋の人であり、のちに愛妻となった大伴坂上大嬢《おおとものさかのうえのおおいらつめ》に贈っている。

この〝うつせみの世やも二ゆく〟ということばは、恋だけではなく、人生のあらゆる場面に使える人生愛惜の呪文になる。

この歌を読むたびに、私は家持の父、旅人の〝この世にある間は楽しくをあらな〟という歌を思いだす。そして、父と子のメンタリティの遺伝を思う。

老いていくということは、一度しかない人生の容量がだんだん小さくなっていくことである。だが、それをけっしてはかなんだりせず、いのちの終わりの日まで、愛しぬき、愛しきりたい。『万葉集』の情感ゆたかな歌人たちは、そのことを教えてくれる。

思いを重ねる旅

わが家にやってきた娘が、両手を前にさし出し、全部の指をパッとひらいて、

「こうやってみて」

と言いながら、親指から順にすばやく折りまげ、次は、小指のほうからすばやくのばしていった。テレビで観た老化度の測定法だという。

「そんなことくらいできるわよ」

と、私は言って、やってみせると、

「そんなゆっくりじゃなくて、パッパッパッパッとできる?」

そうか、と思い、早く早くと心がけてやってみたが、娘のように電光石火

とはいかない。

翌日、電車に乗っているとき、思い出してやってみているうちに、だいぶうまくなってきた。

私はそのとき考えた。こういう指の動きの細かさは目に見えるわけで、なにかに応じて動かそうとするとき、もし、自分が遅いなあと思ったら、意志を持って練習できるのだ。自分の姿もまた鏡にうつして見ることができ、努力してよい姿にすることができる。

しかし、感情というものは見えない。感情も、いつも動かさなかったら鈍化して、まるたんぼうみたいになってしまっているかもしれない。ものを感じるということは、人にも見えないし、自分でも意識をしないと、まるたんぼうになったままで過ごしてしまう危険があるのだ。

息子が亡くなってもう四年以上経つが、亡くなった年の翌年の十一月二十日に、息子の妻のC子と一緒に都下檜原《ひのはら》村に行ったことがあった。この十一月二十日というのは、わけがある日なのである。息子が亡くなる五カ月前の十一月二十日に、彼はC子と共に、秋川渓谷の奥の、この静かな村に、一日の旅をしたのである。（それが、彼らの最後の旅となったのだが。）

「その時はとても元気で、たばこも吸っていたし、てんぷら定食も食べたんですよ」

と、C子は、この最後の旅のことをなつかしがって、よく、そう言っていた。

「檜原村へもう一度行くのはいや？」

と、私がきくと、

「行きましょう。私も行きたいと思っていました」

と、彼女は答えた。

「じゃ、まったくおなじ日に行きましょうよ」

と、私は提案し、ちょうど二年後となるその日に、二人はでかけたのである。

C子との二人の旅で、私は、C子がなんと細かくいろいろなことを覚えているのだろうと驚いた。覚えているということは、その時、その場所の、ひとつひとつに、「あっ」と目をとめて、感じ入り、その後も折りにふれては思い出し、偲んでいるということである。

たとえば、滝があると、その入口の立て札を見て「一史《いっし》さんはこの立て札を見てメモをしました」というので、その前で、私も立って写真を撮ってもらった。また、〝くるま茶屋〟というところで食事をしたときもいちばん奥の隅のテーブルを指して、「一史さんはそちらに坐って、私はこちらに坐った」というので、私は息子の坐ったところに坐り、二人でてんぷら定食を食べた。

「一史さんは、紅葉のきれいなところをすたすた登っていきました」とC子が言う、その紅葉の坂も、二人で登っていった。帰り道でも「この家の写真を撮りました」とか「この家は撮りかけて、『あんまりおもしろくないなあ』とやめました」とか、まるで亡き人がそこにいるように、しかも彼のしぐさまでそのままねて、私に説明するC子に、私はうたれた。理髪店の前では、私に背のびさせて、ガラス戸から見える、高いところにあるテレビを見せて、

「あのテレビで駅伝の放送をやっているのを、一史さんは立ち留ってだいぶ長いこと見ていました」

とまで言うのに、私は涙ぐんだ。

〝むべ〟という名のコーヒーの店があった。

「ここでミルクを飲みました」

というC子のことばに誘われて、二人で店内に入った。カウンターのテーブルの上に、あけびに似た細長い、実が置かれていた。紅と紫をパレットで溶かし、にじませたような色だ。

むべの実である。なんとかなしいほど深い色であろう。

「これがむべよ」

私はC子に言った。言いながら、私は万葉集の中のひとつの歌を想い出し

ていた。

磯の上に生ふる馬酔木《あしび》を手折らめど見すべき君が在りと言はなくに

流れのほとりに咲いている馬酔木の花を手折っても「ほら、この美しい花をごらんなさい」と言って、見せてあげたいあなたは、もうこの世にはいない、という意味の歌。大伯皇女《おおくのひめみこ》が愛してやまなかった亡き弟大津皇子《おおつのみこ》にささげた挽歌である。

「これがむべっていう名の実よ。あなたがミルクを飲んだ店の名はこの実《み》からつけたのよ」

私は心の中で、亡き息子にそう呼びかけた。

告げたい思いは胸にあふれているのに、それを告げる人はもういないのだ。

そう思うとき、万葉集の歌とその時の自分の気持は、ぴったりと重なり合った。

紅葉のきれいな道を登っていったときも、私の胸には、次のような歌がしきりに思い出されていた。

秋山の黄葉《もみぢ》を茂み迷《まよ》ひぬる妹《いも》を求めむ山路《やまぢ》知らずも

秋山の黄葉があまりにも美しいのでその繁みの中に入っていき、迷ってしまったあなたを、探そうにもあなたのいるところに通う山路が分からない。これもまた万葉集の歌である。私もこの歌の思いとおなじ思いを抱いて、紅葉の道を登っていった。

檜原村へのC子との旅は、亡き息子を偲ぶ旅であった。忌日にお経をあげるよりも、亡き人の歩いた道を、縁ある人と共に歩いて、ことこまやかに思い出すほうが、よりよく偲ぶことになり、よき供養にもなる、と、私は思った。

＊

偲ぶということは、ひとつひとつの場面、ひとつひとつのエピソードを、こまかくくだいて、あのときこうだった、このときこうだった、と、生きていた人の上に自分の思いを重ねていく時を、たくさん持つことであると思う。何度も何度も繰り返し思い出し、なつかしさを添えて感じ直し、心に沁ませ、定着させていく、そんな心の作業のうちに、思いは深さとこまやかさを増していく。

それは、最初に言った指の体操によく似ている。言ってみれば心の体操をしているのである。

C子と私は、その日、こまやかに偲ぶという心の体操をし、亡き人をいきいきと、あざやかに、心に呼び戻した。息子は、C子と私と共に歩き、共に食事をした。私たちは、そのような感覚を、たしかに、その日、得たと思う。

今をきりとるきらめきを

季節が移り変わろうとする、そのかすかな境界の雰囲気が大好きだ。『徒然草』の中にこんなことばがある。

春暮れてのち夏になり、夏はてて秋の来るにはあらず。春はやがて夏の気をもよほし、夏よりすでに秋は通ひ、秋はすなはち寒くなり、十月は小春の天気、草も青くなり、梅もつぼみぬ

前の季節の中には、すでに後の季節が芽生えているということである。ことに長くきびしい冬の季節に、チラと顔をのぞかせる早春のきざしは、なん

とみずみずしい歓《よろこ》びに充ちていることか。

『古今集』の恋の歌。壬生忠岑《みぶのただみね》という人の歌は、春の歓びと、人を恋しはじめたときめきが重なって、ほれぼれするほど美しい。

春日野の雪間をわけて生ひ出《い》でくる草のはつかに見えしきみはも

春日野の雪の間から萌え出してくる草の芽のかすかな緑のように、私とあなたのめぐりあいも、ほんとうに短くはかなかった。だが、あの日以来、あなたのことが忘れられなくて、恋いつづけている私なのだ……。

与謝野晶子のおしゃれな歌もご紹介したくなる。

春のいろ青し二寸の水仙の芽も翡翠《ひすい》なるひとの耳輪も

雪間をわけて青く芽生えた二寸ほどの水仙の芽。そして、美しい女の人の翡翠のイヤリング。歌人はそのこまやかな感性によってそんな小さなものたちの中にも、春の色のやさしい青をみつけ出している。

〝踏青《とうせい》〟というすてきなことばをご存じだろうか。「春、青草を踏んで野山を散歩すること」と広辞苑には書いてある。

私は散歩が大好きで、わが家の近くの江戸川の土手をよく歩く。たんぽぽ、すみれ、クローバー、からすのえんどう……。そんなかわいい花々に飾られた草の径《みち》。スニーカーをはいて、すっすっと速足で歩いていくとき、〝踏青〟のたのしさに心は充ちてくる。

三好達治の『花筺《はながたみ》』という小詩集の中の、こんな詩は、やはり早春の季節のなつかしさを歌う。

ちちと啼きしは何の鳥
水のほとりのねこやなぎ
やなぎの枝を環《わ》にあみて

わかれしひとをおもふかな

この詩のムードをそのままに、八ヶ岳の別荘からの手紙の中に、ねこやなぎの枝を小さな環《わ》に編んだものを、封じて送ってくれた友達がいる。ふくらんだ角封筒をあけてみたときのときめきは、いまでも忘れられない。

〝わかれしひとをおもふかな〟という思いは、『万葉集』の春の相聞《そうもん》の中に、こんなにもの哀しく歌われている。相聞というのは、恋という意味である。

冬ごもり春咲く花を手折り持ち千遍《ちたび》のかぎり恋ひわたるかも

春の花を手折って、私はあの人をいつまでもいつまでも恋いつづけている、という意味のこの歌は、春愁ということばが重く濃く漂う歌だ。

作者はきっと若者だろう。その指先に、すみれのような小さな花をはさんで持ち、くるくるとまわしながら、恋人のことを、きょうも想いつづけている。〝千遍のかぎり〟ということばは、何度も何度も繰り返し、という意味であるが、その響きがなんともせつない。

＊

相思相愛の恋人たちが茅花《つばな》に寄せて歌った歌が『万葉集』にある。

きみがためわが手もすまに春の野に抜ける茅花《つばな》ぞ召して肥えませ

紀女郎《きのいらつめ》が大伴家持《おおとものやかもち》に贈った歌。

あなたのために、私が手も休めずにせっせと抜きとったこの茅花よ。やせっぽちのあなたどうか、この茅花をめしあがってもうちょっとおふとりになってね。

茅花とはチガヤの花のこと。子供の頃、春の野にこの芽花を抜きに行った思い出がある。茅花を抜く背中には、春の太陽があたたかく、小さな手で抜きためる茅花は、すぐに持ちきれないほどの束になった。白い穂が日に光って霞み、口に入れると、すこしすじは舌にさわったが、やわらかく、うっすらとあまく、草の香りが口に残った。

若い娘の紀女郎も、抜いた茅花を束にして、歌を添えて恋人に贈ったのか。

家持はわざとおどけて、こんな歌を返した。

わがきみに戯奴《わけ》は恋ふらし賜《たば》りたる茅花を食《は》めどいや痩せに痩す

あなたさまに私めはどうやら恋いこがれているらしいのです。賜りました茅花を食べましたが、いっこうに肥らず、どんどんやせていくばかりです。

どんな恋もいつしか昔の恋になっていく。激しい恋をした相手と別れてから、もうずいぶん長い年月がたってしまったとき、平安朝末期の藤原公実《きんざね》という人は、こんなさびしげな歌を詠《よ》んだ。

昔見し妹《いも》が垣根は荒れにけりつばなまじりの菫《すみれ》のみして

なつかしさのあまり、昔の恋人の家を訪ねてみると、その家の垣根はひどく荒れていた。彼女はもうどこかにひっこしていったらしい。そして、その垣根のそばに残っていたのは、茅花の白い花にまじって咲く菫の花だけであった。はるかな平安の昔の歌なのに、なんと現代ふうな抒情をたたえているのだろう。

現代歌人の歌の中から、最後に、きわめつけの、美しい菫の歌を一首。
北原白秋の『夢殿』という歌集の中に、その菫は咲いている。

菫咲く春は夢殿日おもてを石段《いしきだ》の目に乾く埴土《はにつち》

菫の花咲く春の夢殿。その八角円堂を登る石段の、石の間に、白く乾いた土。そこにも春の日はさして、菫の花はひっそりと咲いている。春の美しさ、春の哀しみをここに取り集めたように……。

男友達、持っていますか

「男友達」ということを考える前に、まず『万葉集』の中のしゃれた歌一首をご紹介してみよう。

玉の緒を沫緒《あわを》に搓《よ》りて結べらばありて後《のち》にも逢はずあらめやも

玉をつなぐ緒（いのちの意味にもなる）をやわらかくゆったりと搓《よ》って結んでおいたなら、ずっと後になっても逢えるのではないでしょうか。沫緒《あわお》の沫《あわ》は、あわ雪のあわで、やわらかいという意味。つまり、あなたと私の間をつなぐ糸を、きゅっとかたく結びあわせずに、ゆったりとやわらかく結んでおいたら、二人の関係はかえって長つづきするでしょう、というのである。

紀女郎《きのいらつめ》が大伴家持《おおとものやかもち》におくった歌、家持のほうから恋仲になろうと迫られたのに対して、やんわりと「おたがい、もっと自由な仲のほうが長つづきして、いいんじゃない？」と、いなしている歌だ。

恋してすぐに深い仲になってしまって、飽きて別れて胸をひき裂かれる思いをするよりも、男友達の関係のほうがいいわ、という提案。古い『万葉集』の中にも、こんないまふうなセンスの歌があることは、なんとも愉しい。いってみれば、これは「恋人でいるより、男友達の関係でいましょうよ」という提案ではなかろうか。

『枕草子』の中にも、この「男友達でいましょうよ」というおもしろい話がある。

清少納言と仲良しの藤原斉信《ただのぶ》という若き貴公子が、彼女を呼び出したり、宮中でばったり会ったりすると、いつも言うのはこういうセリフである。

「どうして、私ともっと深い仲になってくれないのかい。私に好意を持ってくれていることはよく分かってはいるんだが、こういつまでもおなじ状態がつづくと、きみの気持ちも分からなくなってしまうよ。こんなに長い間心の中が分かりあっている二人が、もっと親密にならないはずがないだろう。なにを思い出にしたらいいのかい？」

その斉信の訴えを、清少納言は、ホ、ホと笑って退ける。

「あら、私たちが深い恋仲になったら、あなたのことを帝や中宮様にほめることができなくなるじゃありませんか？」

斉信は切り返す。

「深い仲の男のことを、ほめる女だっているじゃないか」

清少納言はすました顔で答える。

「そうね。そんな女もいるわね。でも、私は恋人関係になってしまった男のことを、お仕えしているかたの前でほめるなんて、そんなベタベタしたことはできない性分なのよ。それよりか、いつまでもさわやかな男友達、女友達の関係のほうがいいわ」

男友達のままでいましょうよ、というのは、粋でおしゃれなおとなの関係といえそうである。

＊

あなたは、いま、男友達を持っていらっしゃるだろうか。結婚していないあなたも、しているあなたも、心をひらいて何でもいえるような男友達を持っているなら、それは、ひどく幸福なものを持っているといえるだろう。恋人でもなく、夫でもなく、それはただの男友達。深い仲ではないけれど、ただ、ほのぼのと、そこはかと、異性の感じがあって、そして、なつかしい存在。ずっと長い間会わなくても、一年に一度か、二年に一度でも思い出しては、電話もかけられ、手紙も出せる相手。その人に奥さんがいようと、いまいと、それもかまわない。

そんな相手がいれば、あなたは人生にぜいたくな財産を持っていることになる。

私の男友達Oさんの話をしよう。Oさんはフリーライターで、私の息子くらいの年齢である。もう二十年ほども前、仕事を通じて、私はOさんと知りあい、数回、一緒に仕事をした。その後、彼の話を聞いて、小説の種にさせていただいたこともある。

ふつうなら、それでおつきあいはとぎれるはずなのであるが、Oさんの誠実朴訥《ぼくとつ》な人柄に私は惹かれ、二人とも気が合ったせいもあり、それからずっと、ゆるい〝沫緒〟の間柄で、友情はつづいている。ときには数年も会わないことがある。でも、ごく時折会ったときには、ひどくなつかしくうれしい。

いつだったか、私は青春小説の筋《プロット》にひどく難渋して、Oさんにいろいろアドバイスを頼んだことがある。彼は大変忙しいのに、どうにかやりくりをつけて、わが家にやってきてくれた。そして、ほとんど半日かけて自分の体験を芯にしたいろいろの思いを語ってくれた。

彼の協力によってはじめて、私はそのとき作品を完成できたのだが、その後一度だって彼はそのことについて恩着せがましいことばを洩らしたことはない。それどころか、むしろ、人の前で、そのことを言うと、言うな、と制するのであった。そういうとき、私は、ああ、やっぱり男だなあ……と思い、その大きさがつくづくありがたい。

また、こんなこともあった。私はある雑誌に連載小説を書いていたが、三カ月目、四カ月目となっても、どうも自信が持てなかった。連載小説という形をあまり手がけたことのない私は、一回ずつにヤマを作り、次回への興味をひかせてとめる、というテクニックをこなせなかった。

そんな折、私はOさんと会うチャンスがあった。私は電車の中で自分の気持ちを訴えた。彼はしばらく黙って聞いていたが、やがてこう言った。

「なにを言うんですか。あなたはとてもすばらしい文章を書く人ですよ。自信を持ってください。ぼくは愛読者のひとりです」

揺れる電車の中で、一語一語心をこめて、私に言い聞かせるように——年下の彼がまるで私を叱るように、言ったそのことばを忘れない。

*

私はOさんの話を、若い友達のNさんにしてみた。Nさんは若い奥さんだが、仕事を持っていて、やはり仕事を通じて知りあった男友達を持っているという。

「その人は作詞家で、ほんとうに一年に一度くらいしか話さないんですが、おたがいに、いま自分が夢中になっていることや、考えていることを話しあえる男友達を持っているってしあわせですね」

Nさんは、いい仕事へと意欲に燃えて輝いているその人から〝元気の素〟をもらうと喜んでいる。でも、逆に、こちらから励ましてあげることもあるそうだ。作詞家のその人に、小説を書いてくださいという依頼が、あるところからきたとき、自信がないといって、彼は断ろうと思ったそうだ。そのことを電話でNさんに話したとき、Nさんは言った。

「チャンスはその前髪をつかめ、というでしょう」

そのことばに励まされて、彼は小説を書いた。そして、一年くらいたった最近のこと、

「ありがとう。本が出版されることになったよ」

と、明るい声で電話してきたそうだ。

やはり、若い奥さんのIさんからもおもしろいお話を聞いた。

Iさんは独身のとき交際していた男性がいた。好きな人だったが、自分との結婚には向かない人だと思った。相手もそれを察してくれて、距離の持てるつきあいになった。いまはおたがいに、別の人と結婚したが、ときどき電話で話をしたりできて、とてもいい状態だという。

Nさんや I さんの男友達の話を聞いて、私は思った。結婚していて、男友達を持つしあわせを持つ人は、やはり、心のバランスをとるという知的な操作ができる人なのだ。

清少納言が斉信《ただのぶ》に向かって、「深い仲にならないで、友達のままでいたほうが、いきな関係よ」と言って、ベッタリのめりこまなかったのもこのバラ

ンス感覚なのである。

斉信は絵物語の中から出てきたような美男で、学識深く、タイムリィな漢詩の一節を口ずさみながらあらわれるその様子は、ただほれぼれとするばかりである。

そんな男から言い寄られた清少納言が、やっぱり友達のほうがいいわ、と言うのは、この人と自分とは肉体関係ぬきのほうがいいと見きわめられるさめた目を持ち、自分をコントロールできるからである。清少納言はそのころ離婚していて、いわばフリーの立場にいたのに。

深い仲になってしまえば、独占欲で二十四時間はガンジガラメに縛られてしまう。それはもったいない話だ。

『万葉集』の、あの〝沫緒〟の関係。あれは、とてもすてきな、シックな関係なのだ。

荒井由実さんの『卒業写真』という歌の一節が思い出される。

あなたはわたしの青春そのもの
ひとごみに流されて変わっていくわたしを
あなたはときどき遠くで叱って

でも、結婚した人に、ひとつ いいことを教えよう。夫こそ、最高の男友達にもなり得る。

つまり、夫婦という形に甘えてベッタリ寄りかかりあわないで、男友達、女友達といえるような余裕の部分も、しっかり保有しておくこと。友達夫婦という関係もすてきでシックな関係なのだ。

見ぬ世の人を友とする

時として、人は一冊の本からでも、それ以後の生きかたを学ぶことがある。斎藤茂吉《さいとうもきち》の『萬葉秀歌』は私にとって、そんな大切な本の中の一冊である。私はこれを娘時代に買い、ボロボロになった今も身辺に置いてある。

この本の初版が出たのは昭和十三年十一月で、私が買ったものは、昭和十四年五月の第四刷のもの。私は十八歳で奈良女子高等師範学校（現奈良女子大学）文科二年生のときである。三条通り、猿沢池《さるさわのいけ》近くの大きな本屋で買った記憶がある（上・下巻のうち、上巻だけ手許《てもと》に残っている）。

当時は日支事変が泥沼化し、第二次世界大戦勃発《ぼっぱつ》の予兆をはらみつつ、軍靴の音が日ましに高くなっていく時代であった。暗く重くるしく閉ざされた時代の中で、人々は美しいものを愛《め》でたい思いを抱いていた。ことに若者たちは、明日のいのちもおぼつかない時代に生きて、日本人の心の根源的なものに触れたいと切望していたと思う。ブームを呼んだこの本を戦場に携えていく人たちも多かった。

娘の私も、そんな時代の空気の中でこの本を知り、買ったのである。『万葉集』への興味そのものでいえば、私は教室でも講義を受けており、放課後も学校の図書室へ寄っては、第一巻から一人で読み進んでもいた。そして、この二十巻四千五百十六首もある大歌集の中に、すでに好きな歌もいろいろみつけ、もっと知り、読み究めたいという願いも充分持っていた。

私は、待ってました、という思いで、この本に飛びつき、大変ていねいに読んだ。扉に、○印読了、レ印好きな歌と記し、ところどころに色鉛筆で傍線を引いている。○印は全歌につけられている。レ印を見れば、青春の心をふり返る気がして、なつかしい。

さて、この本によって、私が茂吉から学んだことは、歌への敬慕に充《み》ちたこまやかな対しかたである。茂吉は、私に、歌を味わうときはじっとみつめ、耳を澄まして聴き、何度もくちずさんで覚え、そのはだにじかに触れてみよと教えてくれた。その例のひとつとして、次の解説を紹介してみよう（かなづかい、漢字は現代用法に変えた）。

秋山の樹《こ》の下がくり逝《ゆ》く水の吾《われ》こそ益《ま》さめ御思《みおもい》よりは

（巻二・九二）鏡王女《かがみのおおきみ》

「一首は、秋山の木の下を隠れて流れてゆく水のように、あらわには見えませぬが、わたくしの君をお慕い申しあげるこころの方がもっと多いのでございます。わたくしを思ってくださる君の御心よりも、というのである。（中略）第三句までは序詞《じょことば》で、この程度の序詞は万葉には珍しくないが、やはりごまかさない写生がある。それから、「吾こそ益さめ御思よりは」の句は、情緒こまやかで、且つおのずから女性の口吻《こうふん》が出ているところに注意せねばならない。特に、結句を、「御思よりは」と止めたのに無限の味わいがあり、甘美に迫ってくる。これもこの歌だけについて見れば恋愛情調であるが、どこか遜《へりくだ》ってつつましくいっているところに、和え歌《こたうた》としてこの歌の価値があるのであろう」

＊

吟味をつくした解説には、茂吉自身が歌人であるという強味が充分に出ている。だから、よけいに、自分と万葉歌人を重ねることができたのだ。

私も女学生の頃から作歌をはじめ、女高師時代には結社にも属していた。茂吉のことばはふかく納得できた。

「秋山の……」の解説には口吻ということばが使われているが、茂吉は語気、声調、古調ということばもよく使っている。たとえば、

吉野なる夏実《なつみ》の河の川淀《かわよど》に鴨《かも》ぞ鳴くなる山かげにして

（巻三・三七五）湯原王《ゆはらのおおきみ》

という歌を、彼はこう解説している。

「この歌は従来叙景歌の極致として取り扱われたが、いかにもそういうところがある。ただ佳作と評価する結論のうちに、抒情詩《じょじょうし》としての声調という点を抜きにしてはならぬのである（中略）。一首のうちに、「なる」の音が二つもあり、カ行の音が多いことなども分析すれば分析し得るところである」

若く、やわらかな、さまざまなものを吸収しやすい脳に刻まれた記憶の核は、脳のひだに潜められたまま、長い年月をかけて、育ち、実っていくことがある。私の場合、この記憶の核とは、万葉との好ましいつきあいかたであるが、それはすべての古典に対して、敬慕しつつも、フレンドリーに、はだを触れてつきあうことへの示唆ともなった。

『徒然草』の〝ひとり燈火《ともしび》のもとに文《ふみ》をひろげて見ぬ世の人を友とするぞ、

こよなう慰むわざなる〟ということばが、私は大好きなのだが、この〝見ぬ世の人を友とする〟呼吸を、きめこまやかに教えてくれたのは、茂吉ではなかろうか。茂吉は〝万葉の傑作といい、秀歌と称するものも、地を洗ってみれば決して魔法のごとき不可思議なものでなく、素直な作歌の常道を踏んでいる〟ともいっている。私は小さな努力を積み重ねていくことも教わった。

学校を卒業して、母校で国語を教えた私は、生徒たちに万葉への愛を語った。退職後も一人で読みつづけた。ライターとしておそい出発をした四十代からは同好の人たちと「万葉集を読む会」を持ち、以後二十数年間つづけている。万葉やその他の古典に寄せる本も数冊出すことができた。集英社から出た「わたしの古典」シリーズの中の『清川妙の萬葉集』のはしがきの「わたしと『萬葉集』」の中に、私はこう記している。

「私は知りました。『萬葉集』の世界はけっして高踏的なものでもなく、古く、乾《ひ》からびたものでもなく、そこには、みずみずしく、鮮烈な、愛の心の種々相が、ういういしく歌いあげられていることを。ひしめき並ぶさまざまな歌は、現代に通じる新しさを持つというよりも、むしろ、現代よりも活《い》きた心の表情を持っていると思えました」

古典を〝見ぬ世の人を友とする〟思いで読み、その思いを伝えることを仕事とするのは、なんと愉しいことだろうか。仕事の中で心の友もたくさん得た。一冊の本から生きる幸福も教えてもらったという思いが深い。

編者解説

あの人の背骨をもらおう

早川茉莉

昔から私は、一人で勉強することが好きだった。教室での授業にはほとんど興味を持てず、すぐに眠くなったり、窓外を眺めながら授業とは関係ないことを考えてしまうくせに、一人で図書室や屋根裏部屋、階段の踊り場に潜り込み、本やノートを取り出して、読んだり書いたりする時間は無性に楽しく、そこでなら時間を忘れて、どれだけでも没頭できた。今思えば、その時の私は、『更級日記』の「后の位も何にかはせむ」の少女と、千年近い時を超えてつながっていたのかもしれない。

この本の中の「清少納言は腹心の友」というエッセイの冒頭に、「古典の作者の中で、いちばん友達感覚でつきあえるのは清少納言である。娘時代に、はじめて彼女に出会ったときから、私たちは波長があった」とあるが、友達感覚でつきあえる、波長があった、と、友人を評するようなこの文章を読んだとき、目からうろこが落ちたことを覚えている。古典は、はるか昔に書かれたものだが、その作者たちは、見知らぬ過去の人たちではなく、私たちのおじいさんやおばあさんの、そのまたおじいさんやおばあさん……つまり、私たちとつながっている人たちなのだということを今さらながら実感したのだ。そして、そこに描かれているのは私たちとどこか似た人たちであり、物語であるということも。清川妙さんの言葉を介して、星のように遠くにあった古の人たちや物語がぬくもりを持って近づいて来た瞬間だった。清川妙さんは、『枕草子』の中の「野分」について書かれた名文を紹介しつつ、こうも書く。

「私はここの文章を読むたびに、清少納言の心がぐっと近寄ってくる。彼女と友達のような気さえする」

この言葉通り、長い長い時の隔たりを超えて古の人と響き合い、感性を共有することが私たちには出来る。清少納言と同じ心弾みで落葉を眺めることも、吉田兼好のささやきを聞くことも出来るのだ。タイムマシンがなくてよかった、とテレビから流れるCFコピーのようなことを思いながら、「古典は生きている。生きて、私たちの心に「人間の心って、昔も今もちっとも変わらないんだよ」ということを教えてくれている」という清川妙さんの言葉を思い出した。本当にそうだと思う。人間の本質は、時代の違いでたやすく変わるものではないのだ。

それにしても、古典に描かれている世界というのは、人生の見本帖のようであり、何とたくさんの人生がそこにはあることか。その時代に生きていた人々の心の中には、生きる歓びや希望だけではなく、欲望や焦燥、孤独、嫉妬、悲しみといった、自分でも律しきれない様々な感情が渦巻いていたに違いない。だが、人生というのは、多くの翳りに彩られたものであると同時に、それを超えてあまりある豊かさと輝きに満ちている。このことを私は、清川妙さんのエッセイを通して知った。

人は予期せぬ運命の理不尽に出会うことがある。そんなときは、どうしたらいいのだろう、と途方に暮れるかもしれない。自分というものの土台が緩んで、ちょっとしたことで決壊してしまいそうな不安に駆られることもあるかもしれない。だが、どんな出来事にも必ず贈り物は隠されている。そして、探しものをしていた心にピタリと寄り添う言葉も、抜け道も、古典の中にはちゃんと用意されているのだ。

それはたとえば、『平家物語』の「さてしもあるべき事ならねば」という言葉かもしれない。「そのままの状態でいられるはずがないので」という意味を持つこの慣用句について、清川妙さんはこんな風に書いている。

『平家物語』の中のことばは、悲嘆、絶望、あきらめのあとに、ひとつの決意をし、心をふるいたたせて、次のアクションに移ることを示す。

これほど深刻ではなくても、私たちも〝さあ、こうしてばかりはいられないわ。前を向いていかなくっちゃ〟と明るみに向けて心のネジをかけ直したいときがある。そんなとき、この呪文のようなことばは大変役に立つ。

私も自分の心に試してみた。「さてしもあるべき事ならねば」、この言葉を呪文のように唱えてゆくうちに、心が立ち上がり、青空が広がった。ひとつの言葉が心を奮い立たせる呪文になり、それが人生の悲しさや切なさをくぐり抜けてゆくエネルギーになる、清川妙さん直伝のこの秘法を、私は血で知り、肉で知った。

読み進んでゆくと、清川妙さんの人生は、決して晴れの日ばかりではなかったことが分る。だが、それでもバネをもたせて立ち上がり、人生をイエスと肯定する。この凛とした意思、感受性の若さ。実に魅力的である。その背筋に通うエネルギーをもらいたいと思った。そして、古典の作者、そのエピソード、清川妙さんの言葉のひとつひとつを私の背骨にしよう、と決めた。これは、清川妙さんのエッセイ（この文庫には収録していないが）で出会った「そうだ、あの人の背骨をもらおう」という言葉がベースにあっての決心である。

「背骨をもらうとは、亡き夫のような歩き方をしようという意味だが」とそのエッセイにはある。そして、「どんな自分が好きか。どんな自分になりたいか。そのイメージをきちっと決めて、自己演出する」ということにもつながる言葉だとも書かれていた。これを読んで、自分の背骨を仕立て直して、口角を上げて花笑みを浮かべる私でいよう。自分の意思で自分を賄いながら、凜と立つ私になろう。その核として、この言葉をいつも心に抱きしめていよう、と思ったのである。

この本は「まえがき」にもあるように、決して堅くるしい古典の解説本ではない。古典そのものを存分に味わっていただけるのはもちろんだが、この文庫版「清川図書館」は、古典の中の言葉を心の杖にして、自分自身を救い出す方法を教えてくれる一冊である。不安でたまらないとき、何かを求めているとき、古典はまちがいなく力を貸してくれる、そんな人生の応援歌ともいえるメッセージや祖先からの尊い贈り物が随所にちりばめられた、持ち歩きの出来る古典の図書館なのである。

そして、この図書館の庭に咲くのは、優しいだけじゃなく、美しいだけじゃなく、凜々しく美しい背筋を持つ花々である。読み終わったあとも、気持に寄り添うあたたかさの余韻が夢のように咲き続け、心にたくさんの種を蒔いてくれる馥郁とした香りの花々でもある。心を許せる友人と過ごすような気楽さで持ち歩き、人生のさまざまなときにページを開いて欲しいと思う。清川図書館の扉はいつも開いている。

余談だが、この文庫のゲラを受け取った時、たくさんのピンク色の付箋紙が貼ってあった。見るとそこには、清川妙さんの手書きの細やかなメッセージが書かれていた。「忘れていた！　涙ぐんだ！」「この文章はいい。この本の核になる」「この文章大好き。よくぞ選び採ってくださった！」ｅｔｃ。それは、清川妙さんとお喋りしながら仕事をしているような心弾む時間のプレゼントで、仕事とはいえ心から楽しませていただいた。そんな付箋紙の弾み心の余韻が、この本を手にして下さった方々に伝わるといいなぁ、と思う。そして、ていねいに生きる人、清川妙さんの心のしを受けて、読者の方々の人生ののりしろ、生きる領域が豊かに広がってゆきますように、とも思う。

最後に、このアンソロジーを編集するにあたって、原則として初刊のものを収録させていただいた。また、各エッセイについていた小見出しの類は、著者の了解を得て省かせていただいたことをお断りしておきたい。

＊＊　本書はちくま文庫のためのオリジナルです。

【底本一覧】（収録に際し、加筆修正・体裁の統一などをほどこしました）

まえがき　　書下ろし

Ⅰ　清少納言の心のバネ・好奇心

・清少納言は腹心の友（原題「清少納言が大好き」）　『出会いのときめき』清流出版、二〇〇二年
・性能のいい心のバネを持とう　『すてきに老いゆく』主婦と生活社、一九九五年
・小さな喜びの珠をつないで　『美しく生きる女の心ノート』海竜社、一九九〇年
・「小さな図書館」になりたい！　『すてきに老いゆく』主婦と生活社、一九九五年
・香りをたしなむ　『美しく生きる女の心ノート』海竜社、一九九〇年
・小物を愛する心　『美しく生きる女の心ノート』海竜社、一九九〇年
・草の花は　『おんなの心くばり』主婦と生活社、一九八三年
・落葉ひとつに重ねる心のわざ　『今日が一番すてきな日』海竜社、一九九二年
・作文のほめことばから　『花明かりのことば』佼成出版社、二〇〇三年

Ⅱ　兼好さんのしなやかな知恵

・坂をくだる輪にはならない　『妙ちゃんが行く』すばる舎、二〇一〇年
・心目ざめの小さな旅　『美しく生きる女の心ノート』海竜社、一九九〇年
・仕事を持って生き続ける女性は美しい　『幸せな自分に出会うために』海竜社、一九九四年
・ジャージーのスリフト　『出会いのときめき』清流出版、二〇〇二年
・すぐに　『おんなの心くばり』主婦と生活社、一九八三年
・明るみに向けて心のネジをかけ直す　『今日が一番すてきな日』海竜社、一九九二年
・話し上手、聞き上手　『花笑みのことば』佼成出版社、一九九三年
・生きこむ　『すてきに老いゆく』主婦と生活社、一九九五年
・古典のことばのすごさ　『すてきに老いゆく』主婦と生活社、一九九五年
・進行形のままで　『すてきに老いゆく』主婦と生活社、一九九五年
・老いの方人　『すてきに老いゆく』主婦と生活社、一九九五年

Ⅲ　古典のシンクロニシティー

・百人一首　『おんなの心くばり』主婦と生活社、一九八三年
・箱の中に入れるのは、いとしいものばかり　「高柳佐知子　小さな筐展」（恵文社一乗寺店）

カタログ　二〇〇八年
・絵になる万葉の歌六首　「大阪保険医雑誌」二〇一二年新年号
・調べ虫　『いつの日の自分も好き』あすなろ書房、一九九九年
・直心のりんご　「日本老友新聞」二〇一一年一月一日
・花笑み　『花笑みのことば』佼成出版社、一九九三年
・うつせみの世やも二ゆく　『すてきに老いゆく』主婦と生活社、一九九五年
・思いを重ねる旅　『いつの日の自分も好き』あすなろ書房、一九九九年
・今をきりとるきらめきを　『今日が一番すてきな日』海竜社、一九九二年
・男友達、持っていますか　『美しく生きる女の心ノート』海竜社、一九九〇年
・見ぬ世の人を友とする　『幸せな自分に出会うために』海竜社、一九九四年

ちくま文庫

つらい時《とき》、いつも古典《こてん》に救《すく》われた

二〇一二年二月十日　第一刷発行

著者　清川妙（きよかわ・たえ）
編者　早川茉莉（はやかわ・まり）
発行者　熊沢敏之
発行所　株式会社　筑摩書房
東京都台東区蔵前二―五―三　〒一一一―八七五五
振替〇〇一六〇―八―四一二三
装幀者　安野光雅
印刷所　明和印刷株式会社
製本所　株式会社積信堂
乱丁・落丁本の場合は、左記宛にご送付下さい。
送料小社負担でお取り替えいたします。
ご注文・お問い合わせも左記へお願いします。
筑摩書房サービスセンター
埼玉県さいたま市北区櫛引町二―六〇四　〒三三一―八五〇七
電話番号　〇四八―六五一―〇〇五三

ISBN978-4-480-42909-4 C0195